萌宠物语系列

# 猫趣

郑振铎 等 ◎ 著

中国文史出版社

CHINA CULTURAL AND HISTORICAL PRESS

**图书在版编目（CIP）数据**

猫趣 / 郑振铎等著. — 北京：中国文史出版社，
2020.1

（萌宠物语系列 / 张春霞主编）

ISBN 978-7-5205-1826-0

Ⅰ.①猫… Ⅱ.①郑… Ⅲ.①散文集 — 中国 — 现代
Ⅳ.①I266

中国版本图书馆CIP数据核字（2019）第277972号

---

**责任编辑：张春霞　牛梦岳**

出版发行：**中国文史出版社**

社　　址：北京市海淀区西八里庄69号　邮编：100142
电　　话：010-81136606　81136602　81136603（发行部）
传　　真：010-81136655
印　　装：北京新华印刷有限公司
经　　销：全国新华书店
开　　本：787mm×1092mm　1/32
印　　张：8.5　字数：170千字
版　　次：2020年6月第1版
印　　次：2020年6月第1次印刷
定　　价：36.80元

Contents／目录

猫趣

# 一个诗人

徐志摩

我的猫，她是美丽与健壮的化身，今夜坐对着新生的发珠光的炉火，似乎在讶异这温暖的来处的神奇。我想她是倦了的，但她还不舍得就此卧下去闭上眼睡，真可爱是这一旺的红艳。她蹲在她的后腿上，两条前腿静穆地站着，像是古希腊庙楹前的石柱，微昂着头，露出一片纯白的胸腔，像是西伯利亚的雪野。她有时也低头去舐她的毛片，她那小红舌灵动得如同一剪火焰。但过了好多时她还是壮直地坐望着火。我不知道她在想些什么，但我想，她这时候至少，决不在想她早上的一碟奶，或是暗房里的耗子，也决不会想到屋顶上去作浪漫的巡游，因为春时已经不在。我敢说，我不迟疑地替她说，她是全神地看，在欣赏，在惊奇这室内新来的奇妙——火的光在她的眼里闪动，热在她的身上流布，如同一个诗人在静观一个秋林的晚照。我的猫，这一晌至少是一个诗人，一个纯粹的诗人。

# 兔和猫

鲁迅

住在我们后进院子里的三太太，在夏间买了一对白兔，是给伊的孩子们看的。

这一对白兔，似乎离娘并不久，虽然是异类，也可以看出他们的天真烂漫来。但也竖直了小小的通红的长耳朵，动着鼻子，眼睛里颇现些惊疑的神色，大约究竟觉得人地生疏，没有在老家时候的安心了。这种东西，倘到庙会日期自己出去买，每个至多不过两吊钱，而三太太却花了一元，因为是叫小使上店买来的。

孩子们自然大得意了，嚷着围住了看；大人也都围着看；还有一匹小狗名叫 S 的也跑来，闯过去一嗅，打了一个喷嚏，退了几步。三太太吆喝道，"S，听着，不准你咬他！"于是在他头上打了一拳，S 便退开了，从此并不咬。

这一对兔总是关在后窗后面的小院子里的时候多，听说是因为太喜欢撕壁纸，也常常啃木器脚。这小院子里有一株野桑树，桑子落地，他们最爱吃，便连喂他们的菠菜也不吃了。乌鸦喜鹊想要下来时，他们便躬着身子用后脚在地上使劲地一弹，耆的一声直跳上来，像飞起了一团雪，鸦鹊吓得赶紧走，这样的几回，再也不敢近来了。三太太说，鸦鹊倒不打紧，至多也不过抢吃一点食料，可恶的是一匹大黑猫，常在矮墙上恶狠狠地看，这却要防的，幸而S和猫是对头，或者还不至于有什么罢。

孩子们时时捉他们来玩耍；他们很和气，竖起耳朵，动着鼻子，驯良地站在小手的圈子里，但一有空，却也就溜开去了。他们夜里的卧榻是一个小木箱，里面铺些稻草，就在后窗的房檐下。

这样的几个月之后，他们忽而自己掘土了，掘得非常快，前脚一抓，后脚一踢，不到半天，已经掘成一个深洞。大家都奇怪，后来仔细看时，原来一个的肚子比别一个的大得多了。他们第二天便将干草和树叶衔进洞里去，忙了大半天。

大家都高兴，说又有小兔可看了；三太太便对孩子们下了戒严令，从此不许再去捉。我的母亲也很喜欢他们家族的繁荣，还说待生下来的离了乳，也要去讨两匹来养在自己的窗外面。

他们从此便住在自造的洞府里，有时也出来吃些食，后来不见了，可不知道他们是预先运粮存在里面呢还是竟不吃。过了十多天，三太太对我说，那两匹又出来了，大约小兔是生下来又都死掉了，因为雌的一匹的奶非常多，却并不见有进去哺养孩子的形迹。伊言语之间颇气愤，然而也没有法。

有一天，太阳很温暖，也没有风，树叶都不动，我忽听得许多人在那里笑，寻声看时，却见许多人都靠着三太太的后窗看：原来有一个小兔，在院子里跳跃了。这比他的父母买来的时候还小得远，但也已经能用后脚一弹地，蹦跳起来了。孩子们争着告诉我说，还看见一个小兔到洞口来探一探头，但是即刻便缩回去了，那该是他的弟弟罢。

那小的也捡些草叶吃，然而大的似乎不许他，往往夹口的抢去了，而自己并不吃。孩子们笑得响，那小的终于吃惊了，便跳着钻进洞里去；大的也跟到洞门口，用前脚推着他的孩子的脊梁，推进之后，又爬开泥土来封了洞。

从此小院子里更热闹，窗口也时时有人窥探了。

然而竟又全不见了那小的和大的。这时是连日的阴天，三太太又虑到遭了那大黑猫的毒手的事去。我说不然，那是天气冷，当然都躲着，太阳一出，一定出来的。

太阳出来了，他们却都不见。于是大家就忘却了。

唯有三太太是常在那里喂他们菠菜的，所以常想到。伊有一回走进窗后的小院子去，忽然在墙角上发现了一个别的洞，再看旧洞口，却依稀的还见有许多爪痕。这爪痕倘说是大兔的，爪该不会有这样大，伊又疑心到那常在墙上的大黑猫去了，伊于是也就不能不定下发掘的决心了。伊终于出来取了锄子，一路掘下去，虽然疑心，却也希望着意外的见了小白兔的，但是待到底，却只见一堆烂草夹些兔毛，怕还是临蓐时候所铺的罢，此外是冷清清的，全没有什么雪白的小兔的踪迹，以及他那只一探头未出洞外的弟弟了。

　　气愤和失望和凄凉，使伊不能不再掘那墙角上的新洞了。一动手，那大的两匹便先窜出洞外面。伊以为他们搬了家了，很高兴，然而仍然掘，待见底，那里面也铺着草叶和兔毛，而上面却睡着七个很小的兔，遍身肉红色，细看时，眼睛全都没有开。

　　一切都明白了，三太太先前的预料果不错。伊为预防危险起见，便将七个小的都装在木箱中，搬进自己的房里，又将大的也捺进箱里面，勒令伊去哺乳。

　　三太太从此不但深恨黑猫，而且颇不以大兔为然了。据说当初那两个被害之先，死掉的该还有，因为他们生一回，绝不至于只两个，但为了哺乳不匀，不能争食的就先死了。这大概也不错的，现在七个之中，就有两个很瘦弱。所以三太太一有闲空，便捉住母兔，将小兔一个一个轮流地摆在肚子上来喝奶，不准有多少。

　　母亲对我说，那样麻烦的养兔法，伊历来连听也未曾听到过，恐怕是可以收入《无双谱》的。

　　白兔的家族更繁荣；大家也又都高兴了。

　　但自此之后，我总觉得凄凉。夜半在灯下坐着想，那两条小性命，竟是人不知鬼不觉地早在不知什么时候丧失了，生物史上不着一些痕迹，并S也不叫一声。我于是记起旧事来，先前我住在会馆里，清早起身，只见大槐树下一片散乱的鸽子毛，这明明是膏于鹰吻的了，上午长班来一打扫，便什么都不见，谁知道曾有一个生命断送在这里呢？我又曾路过西四牌楼，看见一匹小狗被马车轧得快死，待回来时，什么也不见了，搬掉了罢，过往行人憧憧地走着，谁知道曾有一个生命断送在这

里呢？夏夜，窗外面，常听到苍蝇的悠长的吱吱的叫声，这一定是给蝇虎咬住了，然而我向来无所容心于其间，而别人并且不听到……

假使造物也可以责备，那么，我以为他实在将生命造得太滥了，毁得太滥了。

嗥的一声，又是两条猫在窗外打起架来。

"迅儿！你又在那里打猫了？"

"不，他们自己咬。他哪里会给我打呢？"

我的母亲是素来很不以我的虐待猫为然的，现在大约疑心我要替小兔抱不平，下什么辣手，便起来探问了。而我在全家的口碑上，却的确算一个猫敌。我曾经害过猫，平时也常打猫，尤其是在他们配合的时候。但我之所以打的原因并非因为他们配合，是因为他们嚷，嚷到使我睡不着，我以为配合是不必这样大嚷而特嚷的。

况且黑猫害了小兔，我更是"师出有名"的了。我觉得母亲实在太修善，于是不由得就说出模棱的近乎不以为然的答话来。

造物太胡闹，我不能不反抗他了，虽然也许是倒是帮他的忙……

那黑猫是不能久在矮墙上高视阔步的了，我决定地想，于是又不由得一瞥那藏在书箱里的一瓶青酸钾。

# 狗·猫·鼠

鲁迅

　　从去年起，仿佛听得有人说我是仇猫的。那根据自然是在我的那一篇《兔和猫》；这是自画招供，当然无话可说，——但倒也毫不介意。一到今年，我可很有点担心了。我是常不免于弄弄笔墨的，写了下来，印了出去，对于有些人似乎总是搔着痒处的时候少，碰着痛处的时候多。万一不谨，甚而至于得罪了名人或名教授，或者更甚而至于得罪了"负有指导青年责任的前辈"之流，可就危险已极。为什么呢？因为这些大脚色是"不好惹"的。怎地"不好惹"呢？就是怕要浑身发热之后，做一封信登在报纸上，广告道："看哪！狗不是仇猫的么？鲁迅先生却自己承认是仇猫的，而他还说要打'落水狗'！"这"逻辑"的奥义，即在用我的话，来证明我倒是狗，于是而凡有言说，全都根本推翻，即使我说二二得四，三三见九，也没有一字不错。这些既然都错，则绅士口头的二二得七，三三见千等等，自然就不错了。

我于是就间或留心着查考它们成仇的"动机"。这也并非敢妄学现下的学者以动机来褒贬作品的那些时髦,不过想给自己预先洗刷洗刷。据我想,这在动物心理学家,是用不着费什么力气的,可惜我没有这学问。后来,在覃哈特博士(Dr. O. Dähnhardt)的《自然史底国民童话》里,总算发现了那原因了。据说,是这么一回事:动物们因为要商议要事,开了一个会议,鸟、鱼、兽都齐集了,单是缺了象。大会议定,派伙计去迎接它,拈到了当这差使的阄的就是狗。"我怎么找到那象呢?我没有见过它,也和它不认识。"它问。"那容易,"大众说,"它是驼背的。"狗去了,遇见一匹猫,立刻弓起脊梁来,它便招待,同行,将弓着脊梁的猫介绍给大家道:"象在这里!"但是大家都嗤笑它了。从此以后,狗和猫便成了仇家。

日耳曼人走出森林虽然还不很久,学术文艺却已经很可观,便是书籍的装潢,玩具的工致,也无不令人心爱。独有这一篇童话却实在不漂亮,结怨也结得没有意思。猫的弓起脊梁,并不是希图冒充,故意摆架子的,其咎却在狗的自己没眼力。然而原因也总可以算作一个原因。我的仇猫,是和这大大两样的。

其实人禽之辨,本不必这样严。在动物界,虽然并不如古人所幻想的那样舒适自由,可是噜苏做作的事总比人间少。它们适性任情,对就对,错就错,不说一句分辩话。虫蛆也许是不干净的,但它们并没有自鸣清高;鸷禽猛兽以较弱的动物为饵,不妨说是凶残的罢,但它们从来就没有竖过"公理""正义"的旗子,使牺牲者直到被吃的时候为止,还是一味佩服赞叹它们。人呢,能直立了,自然是一大进步；能说话了，自然又是一大进步；能写字作文了，自然又是一大进步。然而也就堕落，因为那时也开始了说空话。说空话尚无不可，甚至于连自己也不知道说着违心之论，则对于只能嗥叫的动物，实在免不得"颜厚有忸怩"。假使真有一位一视同仁的造物主，高高在上，那么，对于人类的这些小聪明，也许倒以为多事，正如我们在万生园①里，看见猴子翻筋斗，母象请安，虽然往往破颜一笑，但同时也觉得不舒服，甚至于感到悲哀，以为这些多余的聪明，倒不如没有的好罢。然而，既经为人，便也只好"党同伐异"，学着人们的说话，随俗来谈一谈，——辩一辩了。

现在说起我仇猫的原因来，自己觉得是理由充足，而且光明正大的。一，它的性情就和别的猛兽不同，凡捕食雀、鼠，总不肯一口咬死，定要尽情玩弄，放走，又捉住，捉住，又放走，直待自己玩厌了，这才吃下去，颇与人们的幸灾乐祸，慢慢地折磨弱者的坏脾气相同。二，它不是和狮虎同族的么？可是有这么一副媚态！但这也许是限于天分之故罢，假使它的身材比现在大十倍，那就真不知道它所取的是怎么一种态度。然而，这些口实，仿佛又是现在提起笔来的时候添出来的，虽然像是当时涌上心来的理由。要说得可靠一点，或者倒不如说不过因为它们配合时候的嗥叫，手续竟有这么繁重，闹得别人心烦，尤其是夜间要看书、睡觉的时候。当这些时候，我便要用长竹竿去攻击它们。狗们在大道上配合时，常有闲汉拿了木棍痛打；我曾见大勃吕该尔

---

①万生园：清朝末年设立的农事试验场的一部分，北京动物园的前身。

（P. Bruegeld. A）的一张铜版画Allegorie der Wollust上，也画着这回事，可见这样的举动，是中外古今一致的。自从那执拗的奥国学者弗罗特（S. Freud）提倡了精神分析说——Psychoanalysis，听说章士钊先生是译作"心解"的，虽然简古，可是实在难解得很——以来，我们的名人名教授也颇有隐隐约约，检来应用的了，这些事便不免又要归宿到性欲上去。打狗的事我不管，至于我的打猫，却只因为它们嚷嚷，此外并无恶意，我自信我的嫉妒心还没有这么博大，当现下"动辄获咎"之秋，这是不可不预先声明的。例如人们当配合之前，也很有些手续，新的是写情书，少则一束，多则一捆；旧的是什么"问名""纳采"，磕头作揖，去年海昌蒋氏在北京举行婚礼，拜来拜去，就十足拜了三天，还印有一本红面子的《婚礼节文》，《序论》里大发议论道："平心论之，既名为礼，当必繁重。专图简易，何用礼为？……然则世之有志于礼者，可以兴矣！不可退居于礼所不下之庶人矣！"然而我毫不生气，这是因为无须我到场；因此也可见我的仇猫，理由实在简简单单，只为了它们在我的耳朵边尽嚷的缘故。人们的各种礼式，局外人可以不见不闻，我就满不管，但如果当我正要看书或睡觉的时候，有人来勒令朗诵情书，奉陪作揖，那是为自卫起见，还要用长竹竿来抵御的。还有，平素不大交往的人，忽而寄给我一个红帖子，上面印着"为舍妹出阁"，"小儿完姻"，"敬请观礼"或"阖第光临"这些含有"阴险的暗示"的句子，使我不花钱便总觉得有些过意不去的，我也不十分高兴。

　　但是，这都是近时的话。再一回忆，我的仇猫却远在能够说出这些理由之前，也许是还在十岁上下的时候了。至今还分明记得，那原因是极其简单的：只因为它吃老鼠，——吃了我饲养着的可爱的小小的隐鼠。

听说西洋是不很喜欢黑猫的，不知道可确；但 Edgar Allan Poe 的小说里的黑猫，却实在有点骇人。日本的猫善于成精，传说中的"猫婆"，那食人的惨酷确是更可怕。中国古时候虽然曾有"猫鬼"，近来却很少听到猫的兴妖作怪，似乎古法已经失传，老实起来了。只是我在童年，总觉得它有点妖气，没有什么好感。那是一个我的幼时的夏夜，我躺在一株大桂树下的小板桌上乘凉，祖母摇着芭蕉扇坐在桌旁，给我猜谜，讲故事。忽然，桂树上沙沙地有趾爪的爬搔声，一对闪闪的眼睛在暗中随声而下，使我吃惊，也将祖母讲着的话打断，另讲猫的故事了——

"你知道么？猫是老虎的先生。"她说。"小孩子怎么会知道呢，猫是老虎的师父。老虎本来是什么也不会的，就投到猫的门下来。猫就教给它扑的方法，捉的方法，吃的方法，像自己的捉老鼠一样。这些教完了，老虎想，本领都学到了，谁也比不过它了，只有老师的猫还比自己强，要是杀掉猫，自己便是最强的脚色了。它打定主意，就上前去扑猫。猫是早知道它的来意的，一跳，便上了树，老虎却只能眼睁睁地在树下蹲着。它还没有将一切本领传授完，还没有教给它上树。"

这是侥幸的，我想，幸而老虎很性急，否则从桂树上就会爬下一匹老虎来。然而究竟很怕人，我要进屋子里睡觉去了。夜色更加黯然，桂叶瑟瑟地作响，微风也吹动了，想来草席定已微凉，躺着也不至于烦得翻来覆去了。

几百年的老屋中的豆油灯的微光下，是老鼠跳梁的世界，飘忽地

走着，吱吱地叫着，那态度往往比"名人名教授"还轩昂。猫是饲养着的，然而吃饭不管事。祖母她们虽然常恨鼠子们啮破了箱柜，偷吃了东西，我却以为这也算不得什么大罪，也和我不相干，况且这类坏事大概是大个子的老鼠做的，决不能诬陷到我所爱的小鼠身上去。这类小鼠大抵在地上走动，只有拇指那么大，也不很畏惧人，我们那里叫它"隐鼠"，与专住在屋上的伟大者是两种。我的床前就贴着两张花纸，一是"八戒招赘"，满纸长嘴大耳，我以为不甚雅观；别的一张"老鼠成亲"却可爱，自新郎新妇以至傧相、宾客、执事，没有一个不是尖腮细腿，像煞读书人的，但穿的都是红衫绿裤。我想，能举办这样大仪式的，一定只有我所喜欢的那些隐鼠。现在是粗俗了，在路上遇见人类的迎娶仪仗，也不过当作性交的广告看，不甚留心；但那时的想看"老鼠成亲"的仪式，却极其神往，即使像海昌蒋氏似的连拜三夜，怕也未必会看得心烦。正月十四的夜，是我不肯轻易便睡，等候它们的仪仗从床下出来的夜。然而仍然只看见几个光着身子的隐鼠在地面游行，不像正在办着喜事。直到我熬不住了，快快睡去，一睁眼却已经天明，到了灯节了。也许鼠族的婚仪，不但不分请帖，来收罗贺礼，虽是真的"观礼"，也绝对不欢迎的罢，我想，这是它们向来的习惯，无法抗议的。

老鼠的大敌其实并不是猫。春后，你听到它"咋！咋咋咋咋！"地叫着，大家称为"老鼠数铜钱"的，便知道它的可怕的屠伯已经光降了。这声音是表现绝望的惊恐的，虽然遇见猫，还不至于这样叫。猫自然也可怕，但老鼠只要蹿进一个小洞去，它也就奈何不得，逃命的机会还很多。独有那可怕的屠伯——蛇，身体是细长的，圆径和鼠子差不多，凡鼠子能到的地方，它也能到，追逐的时间也格外长，而且万难幸免，当"数钱"的时候，大概是已经没有第二步办法的了。

有一回，我就听得一间空屋里有着这种"数钱"的声音，推门进去，一条蛇伏在横梁上，看地上，躺着一匹隐鼠，口角流血，但两胁还是一起一落的。取来给躺在一个纸盒子里，大半天，竟醒过来了，渐渐地能够饮食，行走，到第二日，似乎就复了原，但是不逃走。放在地上，也时时跑到人面前来，而且缘腿而上，一直爬到膝髁。给放在饭桌上，便捡吃些菜渣，舐舐碗沿；放在我的书桌上，则从容地游行，看见砚台便舐吃了研着的墨汁。这使我非常惊喜了。我听父亲说过的，中国有一种墨猴，只有拇指一般大，全身的毛是漆黑而且发亮的。它睡在笔筒里，一听到磨墨，便跳出来，等着，等到人写完字，套上笔，就舐尽了砚上的余墨，仍旧跳进笔筒里去了。我就极愿意有这样的一个墨猴，可是得不到；问哪里有，哪里买的呢，谁也不知道。"慰情聊胜无"，这隐鼠总可以算是我的墨猴了罢，虽然它舐吃墨汁，并不一定肯等到我写完字。

现在已经记不分明，这样地大约有一两月；有一天，我忽然感到寂寞了，真所谓"若有所失"。我的隐鼠，是常在眼前游行的，或桌上，或地上。而这一日却大半天没有见，大家吃午饭了，也不见它走出来，平时，是一定出现的。我再等着，再等它一半天，然而仍然没有见。

长妈妈，一个一向带领着我的女工，也许是以为我等得太苦了罢，轻轻地来告诉我一句话。这即刻使我愤怒而且悲哀，决心和猫们为敌。她说：隐鼠是昨天晚上被猫吃去了！

当我失掉了所爱的，心中有着空虚时，我要充填以报仇的恶念！

我的报仇，就从家里饲养着的一匹花猫起手，逐渐推广，至于凡所遇见的诸猫。最先不过是追赶，袭击；后来却愈加巧妙了，能飞石击中它们的头，或诱入空屋里面，打得它垂头丧气。这作战继续得颇长久，此后似乎猫都不来近我了。但对于它们纵使怎样战胜，大约也算不得一个英雄；况且中国毕生和猫打仗的人也未必多，所以一切韬略、战绩，还是全部省略了罢。

但许多天之后，也许是已经经过了大半年，我竟偶然得到一个意外的消息：那隐鼠其实并非被猫所害，倒是它缘着长妈妈的腿要爬上去，被她一脚踏死了。

这确是先前所没有料想到的。现在我已经记不清当时是怎样一个感想，但和猫的感情却终于没有融和；到了北京，还因为它伤害了兔的儿女们，便旧隙夹新嫌，使出更辣的辣手。"仇猫"的话柄，也从此传扬开来。然而在现在，这些早已是过去的事了，我已经改变态度，对猫颇为客气，倘其万不得已，则赶走而已，决不打伤它们，更何况杀害。这是我近几年的进步。经验既多，一旦大悟，知道猫的偷鱼肉，拖小鸡，深夜大叫，人们自然十之九是憎恶的，而这憎恶是在猫身上。假如我出而为人们驱除这憎恶，打伤或杀害了它，它便立刻变为可怜，那憎恶倒移在我身上了。所以，目下的办法，是凡遇猫们捣乱，至于有人讨厌时，我便站出去，在门口大声叱曰："嘘！滚！"小小平静，即回书房，这样，就长保着御侮保家的资格。其实这方法，中国的官兵就常在实做的，他们总不肯扫清土匪或扑灭敌人，因为这么一来，就要不被重视，

甚至于因失其用处而被裁汰。我想，如果能将这方法推广应用，我大概也总可望成为所谓"指导青年"的"前辈"的罢，但现下也还未决心实践，正在研究而且推敲。

# 猫

章克标

世上爱猫的文人很多。因为猫有可爱的地方，猫比狗是缺少忠义和勇猛，但猫有狗所没有的傲慢和温媚。

爱伦坡是爱猫的，《黑猫》又是他的杰作的篇名。波特莱耳有不少诗说到他的猫，他的猫也是黑猫。好像猫一定要黑猫才够味，黑才衬得出黄碧玉般的眼球的神韵，黑猫成为迷信，也由于这色彩配合的凄丽吧？

我曾发现一头可爱的猫来，那并不是黑猫，白人爱黑猫，我们黄人是爱青猫的。谁曾见过青猫吗？那才是真可爱的猫呢。青猫的眼是碧玉一般凉，海水一般深的。

猫的可爱大概眼色占极重要的位置，宝石中也有名为猫儿眼的，可见猫眼之尊贵，高出于其他各部分。因之当我发现了我青猫的眼所具的魅力之后，我便决定那猫是猫中之猫而是不可轻易多得的尤猫了。

不过我还不能占有那猫。那猫有着他原有的主人，而我是还不曾有能力可以养猫，纵使原主肯出让给我，我也还不敢领受哩，虽则心里面遏制不住的，感到爱着。

猫是娇媚极了。有一次我看见他在路上蹿过，声息也没有的绝尘而驰，却忽地停步回头一盼，那风度，够得上《西厢记》上的一句警句。忽地又纵身跃上墙头，那矫健是任何人所不能企及的。

有一次却绕了我脚边走，尽擦着衣角鞋面，走个不停，又迷乎迷乎地叫着，真有些儿迷人。这是如此温柔，比之女人体贴入微的迷汤，更令人迷的。就因为人是出于做作，而猫却出于自然。

又有一次看见他在屋角上招呼他唤他也不下来，昂然地坐在后足跟上看天，比希特拉领导五十万褐衫党喊口号还神气，这傲慢，不知从什么地方来的。

可是猫也有弱点，就在吃。那是一切动物共具的弱点，人不是可以为了食而自相残杀或辱身丧志吗？说道猫偷吃了邻家金鱼缸里一条什么龙，道德上却实有缺点。不过我曾用了鱼腥为饵去招呼他，却不曾引得下屋角。那么也有相当的骨气吧。

某一晚上，我回家很深夜了，正到了街口，斜里冲出一团怪物来，吓得我倒退二步，毛发栗然。看清楚，却是一头猫。但不能确定就是那青猫。因一转眼就不见了。不过某一白天因为我想去捕捉而手背上受爪伤的，确是那青猫。这一次没有捉牢，我便不轻易再捉了，虽则我时常看见那猫。

近来很难得看见那猫了，可见那碧玉样眼珠，每当我于黑夜看星时在天边发光。

文人诗人的喜欢猫，歌咏猫不是没有理由的。

我不自命是诗人，也不敢是文人。

# 小猫的拜访

韦素园

是一个暴风雨的晚上，一位大学生走进我的病房。

这时候住院的只有两个人：他和我。他病很轻，我此时却不能起床，屋外异常阴黑，雷闪交作着猛急的雨水，从高山流下，打着这山中病房的墙脚，好像要将打塌毁似的。难言的寂寞啊！

——你怕鬼吗？——突然他说。

我当时一笑。

——你知道，在你住房西边，有一个坟场，一座坟，五间看房，但这屋子这几乎是不住人了。——他说到这里，停了一停向我略略看了一下。——几年前，一个冬天，那里面曾住了一个男子和一个中年妇人，但过了一夜，他们便不再起来了。以后有一个老头和一个小孩也是这样死在那里的。有人说是被煤烟熏毁的，但这里乡下人却都相信有鬼。

我刚听完这些话，不知为什么立刻满身大麻，脸上现出了不愉快的神情。

——你怕鬼吗？——他也现出不安似的说。

——是。——我这样回答。

——唉唉，实在不该告诉你这些话。——他说着，一面起身告别。

外面依然是风、雷、闪以及那笼罩四野的阴黑。

一连几夜我都失眠，心神不安。

我病得很重，我常常想，这鬼的事自然不可靠，然而几个死者，却无论如何是真实的了，我感觉到自身快和他们接近。

我很想活着，因而我很苦恼。

一个阴黑的晚上，又是雨天了。

灯熄后，我脸向外，迎着南窗子睡下，我老是想，唉唉，有个"东西"要从背后进到我屋里来了。

我越想越害怕，身子越向被里缩。

最后果然听到有极微的声音：嗒嗒……

我这时心中真害怕，连动也不敢一动。

"咚！"——这个东西竟来到我床上了。我盖的是夹被，隔被触到它，哦，哦，我明白了，这原来是医院里的小猫，不知它是怎么进来的？也许门没有关好。

我伸出手来抚摸着它，心里高兴极了。

我感觉到，在这个小小的病室里，此刻是有了两个生命了。

——猫！你在这山间也寂寞吗？

它不作一声，紧伏床边，连续地打呼。

唉唉，外面的雨仍然在下。

我抚摸着它，我感觉我的生命在这黑夜里是这样暗暗地消去。

# 小黄猫的恋爱故事

叶圣陶

　　孩子很奇怪，这几天里那只小黄猫常常找不到。往日里，小黄猫跟孩子一天到晚在一起，追赶那才着地又滚开的皮球，戏弄那才歇下来又飞走了的蝴蝶，彼此十分快活。吃饭的时候，小黄猫跟孩子并排坐着，等候孩子夹些鱼骨头之类的东西送到他嘴里。睡觉的时候，小黄猫钻进孩子的被窝，蜷着身子睡在他的肩旁。他们两个从不分离，几乎在梦里也没有孤单的时刻。可是最近几天，小黄猫常常不顾孩子，独自走开了。孩子尝到了从未尝过的孤寂滋味，着急地要把小黄猫找回来。什么地方都找过了，在小黄猫常到的没生火的炉子旁边，在堆存旧东西的房间里，在破板壁的窟窿里，在院子角落里水缸的后边，都像找绣花针似的找过了，不见一丝儿踪影。

　　有一天，小黄猫自己懒洋洋地回来了。孩子非常快活，迎上去把他抱在怀里，呜他，吻他，比平时更加亲昵。但是孩子立刻觉察到小黄猫有点儿异样，对于这样亲热的欢迎，小黄猫没有一点儿快乐的表示，平时那样轻轻地吟哦，活泼地蹦跳，也都不来了，好像有什么心事似的。孩子一不当心，小黄猫又独自走开了。好几回了，小黄猫老是这样。

　　孩子哪里料得到他的好朋友小黄猫，那只眼睛发亮、毛色美丽的小黄猫，为什么跟他疏远，不再跟他一起玩儿呢？原来小黄猫在恋爱了。

　　事情是这样发生的。在一丛灌木的前面有一个清浅的池塘。树枝伸在水面上轻轻摇动，把池塘边装点得非常美丽。缠在树枝上的藤正开着蓝色的紫色的小花，清清楚楚映在池塘里。一头鹅儿在这图画似的池塘里游泳。葱绿的树枝遮住了阳光，鹅儿雪白的羽毛衬着碧清的水，有一种说不出的美。小黄猫正好来到池塘边散步，一看见鹅儿，爱情就火一般地燃烧起来了。

　　她确实是一头美丽的鹅儿，一身柔软的羽毛，戴着黄玉似的鹅冠，眼睛闪着金光，左顾右盼，好看极了。谁看见了都会爱她，何况是第一次看见她的小黄猫。他还是一只年轻的小黄猫呢。

　　小黄猫走近一点儿，用他的固有的柔和声音说："白衣的小姑娘，你在水面上游泳，好快乐呀！"

　　"我很快乐！"鹅儿略微转过头来，眼睛半开半阖，越见得姿态优美。小黄猫快乐得闭上了眼睛，好像嘴里含着一块糖，仔细品尝她那姿态的滋味。

　　"你独自一个在这儿，不嫌寂寞吗？"停了一会，小黄猫问。

　　"倒不觉得。不过谁要是愿意跟我做朋友，在一起玩儿，我也非常欢迎。"鹅儿回答得这样婉转，足见她是一位聪明的姑娘。

"我跟你做朋友，在一起玩儿吧！"小黄猫诚恳地说。

"如果你愿意，那太好了。"鹅儿回答。

从此他们之间的友谊就建立起来了。小黄猫时常到池塘边去访鹅儿。他们谈池上的风景，什么时候彩色的蝴蝶飞来了，什么时候新鲜的花朵开了。他们各自唱心爱的歌儿给对方听，还讲自己听到的许多故事。有时候鹅儿上岸来，跟小黄猫一同到灌木丛中，在绿阴下歇息。他们寻找藏在叶丛里的天牛，谁找到最美丽的谁赢。他们猜测从绿叶稀处飘过的浮云，什么时候过尽，什么时候再有云来。小黄猫因此就忘了往常一天到晚在一起玩儿的孩子了。

小黄猫虽然时常跟鹅儿一起玩儿，一起谈话，心里总觉得不宁贴，因为他有一句想说的最要紧的话还没有说出来，他有一个比一起玩儿进一步的希望还没有达到。"这怎么说呢？说了她将怎样呢？"他不断地想。忍着吧，实在忍不住，径直开口吧，又有点儿胆怯。因此他离开鹅儿回家的时候，唯有默默地沉思。孩子怎么会知道呢？他只觉得奇怪。

一天，小黄猫再也忍不住了，不管鹅儿将怎样回答他，他决意把要说的那句最要紧的话向鹅儿说出来。他准备了一篮青萍作为送给鹅儿的礼物，竹篮的柄儿上插了一束粉红的野蔷薇。他走在路上还鼓励自己要有勇气，不要临时说不出口。他又在河边上自己照了照，举起前爪把脸上的绒毛抚摩得十分光润，把胡须捻得向两边翘起。他想自己是一只漂亮的小黄猫了。

他走到池边，看见鹅儿正在池边散步，可爱的影子倒映在池塘里。他走近去，脸上表现出欢悦的笑容，对鹅儿说："白衣的小姑娘，你已经来了，等得我心焦了吧？"他不等她回答又说："今天带了一些毫不足贵的东西送给小姑娘，我的意思是真诚的，请你收下吧。"说着把篮子授给鹅儿。鹅儿一看是她爱吃的青萍和娇红的鲜花，十分喜爱，热诚地谢了他，把一束花儿插在胸前。小黄猫觉得她更加可爱了。他们就跟平日一样地玩儿起来。

小黄猫心里想："勇气，勇气，不要胆怯！"经过几回自我鼓励，他终于把那句要说的最要紧的话说出来了。"白衣的小姑娘，可以不可以跟你说一句话……我就说了吧，就是我爱你，我爱你！"小黄猫心里慌张得很呢。

"你爱我吗？"鹅儿惊奇地问。稍稍沉思了一会儿，她就恢复了温和安静的态度。她说："你爱我，我非常感激。但是请你告诉我，你爱我什么呢？你必须明白告诉我，我才可以考虑能不能使你满足。"

小黄猫听了鹅儿的回答，快活得要飞起来了，正想贴近去跟她接个吻，可是马上想到了她提出的问题，"我爱她的什么呢？"一时想不清楚，又不好不回答，就说："我爱你的洁白的羽毛，白得像雪一样的羽毛。"

"我给你洁白的羽毛，白得像雪一样的羽毛。"鹅儿把全身的羽毛褪下来了。一阵风轻轻吹过，羽毛飘了一地，鹅儿聚拢来都给了小黄猫。

"我爱你灵活美丽的眼睛，闪着金光的眼睛。"小黄猫又说。

"我给你灵活美丽的眼睛，闪着金光的眼睛。"鹅儿把一双眼珠取了出来，随即扔给了小黄猫。小黄猫敏捷地用前爪接住了。

"我爱你头顶的鹅冠，黄玉似的鹅冠。"小黄猫又说。

"我给你头顶的鹅冠，黄玉似的鹅冠。"鹅儿把鹅冠摘下来扔给小黄猫，正掉在小黄猫的脚边。

"我爱你可爱的嘴，能唱好听的歌的嘴。"小黄猫又说。

"我给你可爱的嘴，能唱好听的歌的嘴。"鹅儿的嘴又掉在小黄猫的脚边。

"我爱你玲珑的脚掌。"

鹅儿的脚掌也离开了鹅儿的身体。这时候，鹅儿只剩下一个剥光的身体了。

"我爱你又白又嫩的裸露的身体。"小黄猫又说。

"我给你又白又嫩的裸露的身体。"鹅儿的剥光的身体就滚到小黄猫跟前。

小黄猫悲伤极了，他的心几乎碎了。鹅儿一一满足他的要求，他所爱的全都到手了，哪里知道从此就不见了可爱的鹅儿！

"白衣的小姑娘，你在哪里呀？"小黄猫垂头丧气地走回家去。孩子抱着他跟他取笑的时候，只见他眼眶里满含眼泪。

第二天，小黄猫管不住自己，又走到池塘边，想再看看羽毛、眼睛、鹅冠等等东西。好不快活，只见鹅儿又在池塘里游泳了，清脆的鸣声，幽雅的姿态，跟从前没有一点儿不同。

小黄猫问鹅儿："昨天你把一切东西都给了我，我说不出该怎样感激你。可是你自己藏到哪里去了呢，我的亲爱的小姑娘？"

"请你再不要说什么爱不爱吧。昨天的把戏已经玩过了，不必再玩了。以后咱们还是做朋友的好。"鹅儿很自然地更正对她的称呼。

"仅仅是朋友吗？"小黄猫失望地问。

"昨天的把戏告诉咱们，咱们只能做朋友。要说到爱情，非常对不起，你不能得到我的爱。"

小黄猫终于失败了。

# 猫

朱慧洁

## 一

信不信由你，这个故事是千真万确的。

我家养了一只猫，它的外表和其他猫儿没两样，有一个柔软的躯体和清脆的叫声。虽然有时嫌慵懒，但却能逮捕老鼠，因此每每表示出极为骄矜。每餐非鱼腥不下咽，纠缠在我脚边"咪呜，咪呜！"叫个不停。那样子引我的怜爱，但也惹我烦恼，情绪好的时候，我会一面喟叹一面朝外走，去给它买鱼儿虾儿的。但因为近来身体不适，它就成为我生活项目中不能忍受的累赘。

于是在同事面前我念起养猫的苦经来。同事容君是个大家庭，养有鸡鸭狗羊一大群，就是缺少一只猫；为了应付那些猖獗的老鼠她倒真是十分需要。

　　这样，我们"一言为定"，我来嫁出，她娶进；我们当中不需媒人也不需保，完全是君子协定。

　　当天她就要自携去，我把猫儿放在蒲篮里，把篮口捆扎稳；但刚离开我家大门外，就被它钻破篮底，溜之大吉。

　　翌日，容君叫了三轮儿来迎接它，我把它装进一只面粉袋，用绳子扎得牢牢，让她们同载而归。车夫叮叮当当地奏着音乐像招婿，又像娶媳妇，风驰电掣地从我的小镇出发向容君住的大城市驰去。在我心坎里，虽然不免浮起了一阵若有所失的落寞和惆怅，但一念猫儿此去，真是"糠箩里跳到米箩里"，它幸福我心境也就坦然舒适。

　　因为容君的大家庭，一家人都慈善和蔼，我的猫儿就像一个蓬门的小家碧玉，这下忽然嫁给贵公子，去做当家奶奶或娇婿。

　　然而猫儿辜负了我们双方的美意。在当天夜晚就悄然出走了，容君懊丧着，她的老太太和姑嫂们心疼肉疼地向门外呼唤猫儿回来，孩子也噘着小嘴喊："猫儿，回来，猫儿，回来！"

　　我的估计落了空，我和它有着母子般的情感在。它当初来我家时，躯体瘦小而且有病，一位友人用手帕儿包着拎来的。放在桌子上，站也站不稳。我们完全把它当婴儿养：喂牛奶、猪肝、特制鱼粉拌稀饭。

　　几个月后，它长得壮硕无比，强壮到能和隔壁小黄狗打架。那畜生一看见它伸出前爪，就吓得拖起尾巴向斜刺里溜走。

　　我们一家四口有了它，又多了一口。在这五百多个白天和黑夜，它从没离开家太久。我们用膳时，它坐在我旁边，不时发出一两声轻柔的呼唤声。每天早晨，它比闹钟还准确地唤醒它的必须早起的小主人，参

加恶性补习的孩子一跃下床，最先一件事，不是"妈早安！"而是一叠连声地喊"咪，咪！"一面就伸手去摸抚它柔软的躯体。在那肋肩上，提一提它的背上皮毛。接着就理理垂贴地面上的长尾巴。在他小时候，曾把它的尾巴尖儿夹在门缝里，使它大声惨叫。对于这，做小主人的曾有过说不尽的愧疚及歉意。而猫儿这时就接近它小主人的光腿，紧贴着摩擦着，一声声轻柔的呼唤，它们就这般地互道了早安，然后各做一份事儿去：我忙着走进厨房，孩子忙着准备上学，猫用它的前爪和舌头洗脸，同时等待着和孩子一同用早餐。餐后就跳上瓜棚架，在旭日光辉下伸展出它慵懒的四肢睡大觉。

## 二

人静夜深，一阵阵寒风在窗外呼啸掠过，在黑暗中我睁大眼眶，我惦念那出走的猫，它此刻身在何处？大都市的高楼大厅，宽敞的大马路，和冷冰冰的水门汀地。它蹲在人家屋檐下，蹲在马路边阴暗潮湿的水沟里，它徘徊、踯躅，像一个家破人亡的流浪汉，躲闪着行于陌生的街头巷尾，瞭望着静阒而坦荡的大路。然而却无能辨别故居所在的方向。

餐桌上，孩子们曾经多少次提到猫儿来，我只好安慰孩子说："放心吧，猫儿在容府，餐餐有鱼儿，决不会受苦。"我对孩子佯装笑容，心坎里却冒上一阵阵辛辣的悲楚，强忍住要溢出的眼泪。我背过脸去，把迷惘的视线抛向遥远的天边。但愿有个好心的主人收养它，我的原意只是要它得到更好的幸福生活呀！

当寒流袭击的那几天，有十多个夜晚，我躺在床铺上，隐约间听到猫儿的呼唤，我明知那是别人家的猫儿，但仍然抑制不住自己的激动；我竖起耳尖来静听，希望从那扇经常为它敞开的窗户钻进什么来。当然，我每次都在失望中挨过。

掀开记忆的行囊：在小时候的它，曾经咬死隔壁邻家的一只小鸡，我不管它是误伤还是居心不良，提起她的耳尖，就给它一顿打。就那么一次给它狠狠的教训，从此后，它一瞥见小鸡，只斜起眼睛来瞧望，再也不肯向弱小者逞威了。

有一次金丝鸟儿跳出了笼门，孩子们又不在家，我东抓西扑也没法捉到那不会高飞只会跳跃的小精灵，猫儿竟灵活地扑上窗棂，一下衔着了。我吓得惊呼起来，我赶紧去捉住它，把小金丝儿由它嘴里扒出来，我的心胸卜卜地跳，我以为小金丝这一下必然丧命了。仔细检查下，这小鸟竟毫没受伤；放进笼去，竟活泼地跳跃着，老母鸟也在急剧地跳，"吱吱"地叫，猫儿也望着鸟笼叫了两声，而后翘起尾巴，弓起背来，伸伸前腿，走开去了。

想到猫儿的好处，我不了解我自己为什么会这般地残忍，把它轻易地送了出去。虽然那儿有高楼大厅，但它不习惯，它不能忘怀这个简陋的家，正如人性不能忘本一样，所以它出走了，它成了一个漂泊天涯的落魄者。它准备以流浪方式来度它的残生。

北风呼呼地震撼着大地，玻璃窗前的树枝被吹得四面飘摇。侧耳倾听，还有潺潺的雨点声击落在屋瓦上沙沙作响。这凄凉的声音敲碎了我

的心扉，我感到阵阵疼痛。一种良心上内疚的痛苦，令我辗转反侧，难于入寐。

我又在恍惚的神思里听到猫儿凄厉的呼唤声，但细听之下，仍然只有风的怒吼和雨的淅沥；孩子均匀的呼吸，夹着我幽幽呼唤猫儿声；我忽觉眼睑有阵阵冷涩的感觉，伸手一抹拭，才知道眼泪又滑出我的眼眶了。

三

一个礼拜六的黄昏，孩子回来得早些。夕阳已西沉，灰暗的大地和天边已互相衔接。我静坐案前，瞭望一幅对面挂着的日历牌，那是一只哈巴和美女的镜头。忽然一声猫的叫唤，隔房的老大原在做功课的，似乎也听到了，他立刻推开椅子站起来。

"妈，我听到猫儿在叫！"孩子手上还拿着一支笔和三角板。

我没有回答什么。我探头瞭望窗外。窗外强风呼啸，扫刷着窗棂发出芭蕉叶儿的沙沙声。

"敢情我们的猫儿回来了！"孩子圆瞪着眼睛。

"傻孩子，那么远的路程，它怎能回来！"我咽着辛酸，强装镇静。

"他们不会打它吧？"

"傻话，她们一家人仁慈和蔼。"

"猫儿该不会因陌生而偷逃吧？"

这句话却猛烈地刺痛我心胸，使我震颤。我立即扭过头去朝向窗

外，两只老鸽站在篱笆上对我点头磕脑，它们是该吃食的时候了。

"傻话，傻话！"我喃喃自语。就在这时，又一声微弱的呼唤声闯进我的耳膜。

"呃，真像是我们猫儿的声音！"

孩子冲了出去，他一直朝向篱笆门。两只老鸽惊慌地飞扑起来，篱门"咯吱"一声被拉开，一忽儿孩子冲进来，手臂间拥着一堆黄色的物体。他的眼眶张大了，"妈"，他惊呼着，声音极度地颤抖，臂膀却仍然紧拥着它，不断地低下头去作亲吻状，拖那垂下的尾巴，我已窥见那略带弯曲的尖儿了。那是小时候被粗心的老二追赶着，在门缝间几乎夹断了的尖尾巴，这曾使孩子内疚歉愧的地方，却做了它最触目的标识。

我伸出手去，接抱过来；我的泪已无法可抑制了，我的谎言此刻已没法隐瞒孩子了，我全部向孩子宣布，并向之道歉。因为我不如此瞒骗，则老少三人将逼我去那个大城市找寻丢失的猫儿，一个女人在小街上奔走呼唤她的猫儿，这将使人会怎样的说？——神经病！

我的猫回来了。屈指计算，足足26天的时间，它冲出那个耸立着建筑物的市区，而后绕遍了周围的村庄，而后找到这个直径十公里外的家。我不敢想象了，我只有立下誓言：我将永远不再舍弃它，我要让它送走我的天年，或者让我送走它的。我们彼此不再分离，永远、永远厮守。

# 作家与猫

黎烈文

猫是最通人性的动物之一，无论是雌的或雄的，都喜依偎在你身边，讨人怜爱。文人爱猫的指不胜屈，而法国文学家对猫似乎特别有感情：去年才以八十一岁高龄逝世的名小说家哥勒特（Colette，1873—1954），就是一位有名的爱猫家。不过她是一位女性作家，爱怜小动物原是女子的天性，也许不足为例。但近代男性作家中爱猫而形诸笔墨者也俯拾即是：譬如写过一篇寓言小说《猫的天国》的左拉，若不是平日对猫有着深深的喜爱和细微的观察，决不会对于一匹追求自由而终于失败了的猫有着那么多的同情，并给它写出那样好的一篇自白。比左拉成名稍后的另一位小说家和社会批评家佛朗士，对猫也有着高度的温情和友谊。随手从他的全集里抽出一本题名《波纳尔之罪》（Le Crime de Sylvestre Bonnard）的小说集来说吧：在《木柴》（La Bucbe）一篇中，佛朗士一开头便写出一匹名叫亚米迦的公猫，睡在书房的火炉旁和主人做伴，而孤寂的主人———一位年老的书呆子，简直把它当作朋友一般地和它说着话。这位书呆子不是别人，乃是佛朗士自己。而在另一篇《贞妮·亚历山大》（Jeanne Alexandre）里面，佛朗士描写养女贞妮由街上捡回一只被人虐待的小猫的情形，如果作者本身不是一个爱猫的人，也绝写不出一个那样爱猫并因而使她自己显得更加可爱的少女。

但是爱猫的作家虽多，大都不过像上面所举的两位一样，间或在作品里面流露出对猫的情谊，至于肯拿几万字来替自己的爱猫作传并居然成为最出色的散文的，除毕尔·罗逊（Pierré Loti）以外，恐怕再难找出第二人。

罗逊是大家知道的小说《冰岛渔夫》的作者。他有一种特别锐敏的感受性，最擅长描写那些虚无缥缈不可捉摸的事物，天末云霞，海上风雨，热带的黄昏，北极的长昼，一到他的笔下，无不有声有色，气象万千。本来没有生命的物象，他都给它吹嘘上生命，像猫那样聪明有情的动物，自然更易触动他的灵感，使他体察入微，窥见一般人所窥见不到的奥秘——动物的内心活动。他在《双猫传》（Vies de deux chattes）里，不仅使我们看到几个爱猫者的可爱的心，同时也使我们看到两只受人爱怜的猫的神秘的灵魂。

收在散文集《死与悲悯之书》（Lelivre de la Pitié et de ta Mort）中的《双猫传》，约占八十余面，译成中文大概有四万字。罗逊在这里谈着他家里蓄养的两只猫，其中一只是当罗逊离家后，住在他家里和他母亲做伴的姨母克莱所收养的；这是一只雪白、滚圆、逗人喜爱的法国母猫。另一只是当罗逊服务海军，他的军舰泊在渤海湾内中国的某

一海港时，不知何时从中国小船逃往军舰，窜到他房内藏着，因而被他收养并带回法国老家的；这是一只瘦瘠而又丑陋的中国猫。因为曾在军舰的斗室内伴着罗逖度过许多海上的寒夜，安慰了他的寂寞与孤独，罗逖对它似乎更多几分偏爱，所以他在《双猫传》中把这中国猫写得格外动人。例如罗逖初在他的房内发现那只中国猫，叫人喂它食物时，猫的疑惧和感激；第二天，罗逖想要把它逐走时，猫的乞怜和留恋；以及在有着冷雾的凄凉的海上，猫和人渐渐发生感情，初次跃到罗逖膝上以前的一番踌躇和试探等等，使人读了简直要怀疑那小小的头脑内是不是也有着和人一样的思考。此外他写中国猫刚被带到他的老家时，见嫉于原有的法国猫，在厨房内发生了一次恶战，但一经罗逖亲自干预，在法国猫面前表露了对中国猫的宠爱，那通人性的法国猫便知道这中国猫已是他们家庭的一分子，是一位永远无法逐走的"外宾"，从此容忍相处，不再争斗，而隔不多久，彼此竟成了亲密的伴侣。罗逖在这里简直写出了那两只小动物的心理转变过程，而这是需要最精密的观察和最熟练的艺术手腕的。又当罗逖度假家居，和他的母亲与姨母寒夜围炉，享受天伦之乐时，那两只温驯而又淘气的猫，常常扮演着小小的喜剧角色，使那寂寞的家庭平添许多生趣。在这种场面，罗逖不单写出了人对猫的爱怜、猫对人的了解，也附带写出了他的母亲姨母之间的更加深挚感人的骨肉之爱。古老的起居室中，一片慈和，一片温暖，真使读者悠然神往！

　　后来这两只猫几乎同时感染到一种怪疾：起初是那中国猫仿佛患了怀乡病似的显得郁郁不乐，老是躲在墙上不肯下来饮食，任怎么呼喊也只回答人们以凄惶的眼色和衰弱的鸣声；不久那法国猫也跟着消瘦萎靡起来。虽然请了兽医来给它们诊治，但既说不出什么道理，也没有什么良方，而两只猫却渐渐地陷入昏迷之境。这种依附于人的小动物也许有一种自爱的本能吧，它们不是惯于爬掘泥土掩盖自己的秽物吗？这时它们大概感到自己不行了，却不愿让那些爱它们的人看到它们弥留时的挣扎，中国猫首先突然失踪了，也许是躲到一个不易被人发现的角落去悄悄地咽了它最后一口呼吸吧，总之，它是一去不返了；另一只法国猫也是多少天不进饮食，奄奄一息之余，忽然不见了。大家以为它也和那中国猫一样从此不再转来了，可是过了三天，罗逊的姨母克莱正在那初夏的充满着花香鸟语的庭院里面散步时，却意外发现那只白色母猫像幽灵般地回来了，它瘦弱、肮脏，已经去死不远。是什么动机和力量驱使它回来的呢？也许是被这家人养得太久，在最后一刻钟失去了独自悄悄死去的勇气，还想回来看看它的旧居，看看那些亲爱的人们吧。于是这只猫便死在家中，死后并被埋在庭院的一株树下。罗逊因为自己每次远游时，这只猫是他母亲和姨母的唯一伴侣，唯一安慰，猫的命运仿佛已和两老的命运联结在一块，因此这猫的死也仿佛是两老的终期的开始。他对于猫的小小的难以理解的灵魂的消逝，固然觉得惋惜，而更加使他怅憾无已的，是随着猫的遗骸一同埋入土中的养猫人们自己的十年生命！

　　罗逊凭着回忆来写这篇《双猫传》时，已经结婚生子，他曾在标题下面，加注一行说：这篇文章是预备他儿子萨姆尔能够阅读时，为他而写的。罗逊的意思想必是要从小教他的儿子以爱人爱猫之道。其实有着

赤子之心的小孩对于这种文章似还不甚需要，而且像罗逊那样高雅的散文也绝非小儿所能欣赏理解；倒是一班爱心淡薄的成人们，读读这种文章也许多少会有一点好处呢。

# 猫乘

许地山

　　猫不入六畜之数，大概因为古人要所豢养的禽兽的肉可以供祭祀及宴享的用处，并且可以成群繁殖起来的才算家畜。在古人眼里，猫是一种神秘而有威力的动物。它的眼睛能因时变化，走路疾速而无声，升屋上树非常自在等等，都可以教人去想它是非凡的。事实上，猫在农业文化的社会的地位正如狗在游牧文化的社会里一样。古人先会养狗是当然的。汉以前人家居然知道养猫，可是没听过到市里去买猫。当时养的大都是半野的狸，猎人获到，以数十钱的代价，卖给人家。《韩非子》里，有"将狸攻鼠""令狸执鼠"的话。《说苑》"使麒骥捕鼠，不如百钱之狸"和《盐铁论》里"鼠穷啮狸"，都可以说明当时只有半野的狸，没有纯豢的猫。后世人虽有"家猫之猫，野猫之狸"的说法，其实上面所说的狸都是已经被养熟了的。字书说狸是里居的兽，所以狸字从里；名为猫是因"鼠善害苗，而猫能捕之，去苗之害，故字从苗"。这两说固然可

以讲得过去，但对于猫字似乎还是象声为多，所以《本草纲目》说"猫有苗茅二音，其名自呼"。我们不要想猫字比狸字晚，《诗经·大雅·韩奕》有"有猫有虎"的一句，《郊特牲》也有"迎猫为其食鼠"的话。看来称猫，是有些尊重的意思，不然，不能用一个很恭敬的迎字。也许当时在一定的节期从田野间迎接到家里来供养的称为猫，平常养的才称为狸，后来猫的名称用开了，狸的名字也就渐渐给忘了。现在对于黑斑猫还叫作"铁狸"，也可以说猫狸两字在某一阶段也是同意义的。

农业文化的社会尊重猫，因为它能毁灭那残害禾稼的田鼠和仓廪里家室里的家鼠。以猫为神，最早的是埃及。古埃及人知道猫在第十一朝时代（2200B.C.），据说是从纽比亚（Nubia）传进去的。自那时代以后，埃及才有猫首人身的神像。猫神名伊路鲁士（AElurus）。人当猫为神圣，甚至做成猫的木乃伊；杀猫者受死刑。他以为猫是月女神，因为它的眼睛可以像月一样有圆缺。中国古时迎猫的礼仪不可详知，从八蜡的祭礼看来，它与先啬、司啬等神同列，可见得它是相当地被尊重。祭猫的礼大概在周秦以后已经不行，所以人们不像往昔那么尊重它。黄汉《猫苑》（卷上）说："丁雨生云，安南有猫将军庙，其神猫首人身，甚著灵异。中国人往者，必祈祷，决休咎。"这位猫神到底管的什么事，不得而知，若依作者的附说，此猫字即毛字之讹，因为明朝毛尚书曾平安南，猫将军即毛尚书。这样看来，他与猫神就没什么关系了。铸画猫形来镇压老鼠的事实却有些个。《夷门广牍记》："刻木为猫，用黄鼠狼尿，调五色画之，鼠见则避。"《猫苑》的作者引邓椿画猫云："僧道宏每往人家画猫则无鼠。"作者又说："山阴童树善画墨猫，凡画于端午午时者，皆可辟鼠，然不轻画也。余友张韵泉（凯）

家，藏有一幅。尝谓悬此，鼠耗果靖。"（卷上《形相章》）又记："吴小亭家藏王忘庵所画《鸟猫图》，自题十六字云：'日危，宿危，炽尔杀机。鸟圆炯炯，鼠辈何知？'余按家香铁待诏，重午画钟馗，诗云：'画猫日主金危危'，则知危日值危宿，画猫有灵。必兼金日者，金为白虎之神，忘庵句盖本乎此。"又记："朱赤霞上舍（城）云，凡端午日取枫瘿刻为猫枕，可辟鼠，兼可辟邪恶。"由辟鼠的功效进而可以辟盗贼。《猫苑》（卷上）有一个例。作者说："刘月农巡尹（荫棠）云：番禺县属之沙湾茭塘界上有老鼠山。其地向为盗薮。前督李制府瑚患之，于山顶铸大铁猫以镇之。猫则张口撑爪，形制高钜。予曾缉捕至此，亲登以观。而游人往往以食物巾扇等投入猫口，谓果其腹，不知何故。"

养蚕人家也怕老鼠食蚕，故杭州人每于五月初一日看竞渡后，必向娘娘庙买泥猫回家，不专为给孩子玩，并且可以禳鼠。

以上所举的事例都含有巫术意味，并非当猫做神。清代天津船厂有铁猫将军，受敕封，每年例由天津道躬诣祭祀一次。金陵城北铁猫场有铁猫长四尺许，横卧水泊中，相传抚弄它，可以得子。每年中秋夜，士女都到那里去。这与猫没关系，乃是船碇。船碇又叫铁猫，是何取义，不敢强解，现在猫写作锚，也许离开本义更远了。

## 神怪的猫

猫与其他动物一样，活的日子长久了就会变精。袁枚《子不语》（卷二十四）记靖江张氏因为通水沟，黑气随竹竿上，化作绿眼人乘暗淫他的

婢女。张求术士来作法，那黑气上坛舔道士，所舔处，皮肉如刀割。道士奔去，想渡江求救于张天师，刚到江心，看见天上黑气四起，就庆贺主人说：那妖已经被雷劈死了！张回家，看见屋角震死一只猫，有驴那么大。

猫变人的传说在欧洲也一样的很多。在术语上，猫变人叫猫人；人变猫就叫人猫。欧洲的人猫，似乎是比猫人多些。韩美（P. Hamel）在《人兽》（*Human Animals*）第十二章里说了下面的一个故事：一七一九年二月八日，陀素（Thurso）的牧师威廉·因士（William Junes）在开陀尼士（Caithness）审问一个女人马嘉列·连基伯（Margatet Nin-Gilbert）。那妇人承认，有一晚上，她在道上走，遇见一个魔鬼现出人形，要她与他同行同住。从那时起，她与那魔鬼就很相熟，有时它在她面前现出一匹大黑马的形状，有时骑在马上，有时像一朵黑云，有时像一只黑母鸡。这妇人显然是从一个巫师学来的巫术，所以会这样。有一个瓦匠名叫威廉·孟哥麻里（William Montgomery），他的房子被许多猫侵入，以致他的妻与女仆不能再住在那里。有一晚上，威廉回家，看见五只猫在火炉边，仆人对他说：它们在那里谈话咧。在十一月二十八日，一只怪猫爬进一个贮箱的圆洞里。威廉就守在那里，若是看见有脑袋伸出来，便用刀斫下去。他果然把刀斫到那怪物的脖子上，可没逮着。一会，他打开那箱，他的仆人用斧子砍那怪猫的背后，连斧子砍在箱板上。至终那怪猫带着斧子逃脱掉。但是他连续地追，又斫了好些下，至终把它砍死。威廉亲把那死猫扔出去，可是第二天早晨，起来一看，那猫已不见了。隔了四五晚，仆人又嚷说那猫再来了。威廉用方格绒围住它，把斧子斫在它身上。到它被斧子钉在地上，又用斧背打击它的头，一直打到死，又把它扔掉。第二天早晨起来看，又不见了。很奇怪的是当砑那怪猫的时候，一滴血也没有。他一共砑了几只，都没有一只是邻人的。于是他断定那一定是巫师做的事。二月十二，住在威廉家半英里的妇人马嘉列·连基伯被告发了，她的邻人看见她掉了一条腿在她自己的门口。她那一条腿是黑的而且腐烂了。那人疑心她是女巫，就捡起来送到州官那里，州官立刻把那妇人逮捕下狱。那妇人承认她变猫走进威廉家里，被威廉砍断了一条腿，还有另外一个妇人名马嘉列·奥尔逊（Margaret Olsone）也是变了猫一同进去的。别的女巫，人看不见，因为魔鬼用黑雾遮掩着她们。

韩美又说：在法国基奥达（Ciotat）附近的西里斯特村（Ceyreste）住着一个女人，她的孩子们常常有病，这个好了，那个又病起来。她不晓得要怎办。有一天，她的邻人对她说，她的婆婆也许是个巫婆，孩子们的病当与那老太太有关系。于是她对丈夫说了。两个人仔细查察孩子们的病，看看有没有巫术的影响。有一晚上，他们看见一只黑猫走近那个小婴孩的摇篮边，轻寂地走动，丈夫立刻拿起一根棍子想去打死它。他没打着那猫的身体，只中了它的爪子。那猫拼命逃走了。孩子们的祖母是每天要来看他们，问孩子们的康健的。自从打了黑猫以后，老太太就好几天不上门来。

邻人对那丈夫说，她一定是有什么事，不肯给人知道的，可以去看看她。丈夫于是去看他的妈。一进门就看见她的一只手包起来，对着他发脾气。他假装做看不见她的伤处，只用平常很安静的话问她为什么好几天没到家去看孙子们。

那老太太回答说："我为什么要到你家去呢？看看我的手指头。假如我的手指头是给斧子砍着，不是给棍子打着，我的指头就被切断，所剩的只是残废的肢体罢了。"

中国的猫人故事比较多，因为我们没有像基督教国家的魔鬼信仰，只信物老成精的说法，所以猫也和狐狸、熊、老虎等一样会变人。人每以猫善媚人，以致如江浙人中有信它是妓女所变成，这又是轮回信仰，与猫人无涉。但是，不必变人而能加害于人的猫，在中国也有。例如《猫苑》卷上《毛色》所记："孙赤文云，道光丙午（1846）夏、秋间，浙中杭、绍、宁、台一带传有鬼祟，称为三脚猫者，每傍晚，有腥风一阵，辄觉有物入人家室以魅人，举国惶然。于是各家悬锣钲于室，每伺风至，奋力鸣击。鬼物畏锣声，辄遁去。如是者数月始绝。是亦物妖也。"

又据清道光时代人慵讷居士著的《咫闻录》（卷一）记：

甘肃凉州界，民间崇祀猫鬼神，即北史所载高氏祀猫鬼之类也。其怪用猫缢死，斋醮七七，即能通灵。后易木牌，立于门后，猫主敬祀之。旁以布袋，约五寸长，备待猫用，每窃人物。至四更许，鸡未鸣时，袋忽不见，少顷，悬于屋角。用梯取下，释袋口，倾注柜中，或米或豆，可获二石。盖妖邪所致，少可容多，祀者往往富可立致。有郡守某生辰，同僚馈干面十余石，贮于大桶。数日后，守遣人分贮，见桶上面悬结如竹纸隔，下视则空空然！惊曰诸守，命役访治。时府廨后有祀此猫者，役搜得其像。当堂重责木牌四十，并笞其民，笑而遣之。后闻牌责之后，神不验矣。

又猫可以给人寄寓灵魂在它身体里头。富莱沙在《金枝集》里说了一段非洲的故事。

南非洲巴兰牙（Ba-Ranga）人中，从前有一族的人们寄他们的灵魂在一只猫身上。这猫族有一个少女低低散（Titishan）当嫁时强要那只猫随行。她到夫家，就把那猫藏在密室，连丈夫也没见过它，也不知道她带了一只猫来。有一天，她到地里工作，猫逃出来，走入茅寮，把丈夫的战斗装饰品着起来，歌唱舞蹈。孩子们听见，进去看见一只猫在那里装着怪样子。他们很骇异猫在戏弄他们，就去告诉丈夫说，有一只猫在他屋里舞蹈，还侮辱了他们。主人说，别说，我不要你们撒谎。他们于是回家，看见那猫还在那里，就把他打死。那时，他妻子立刻倒在地上，临死时，说："我在家被人杀死了！"她丈夫回来，她还可以说话，就教他快去告诉她家人。她的家族众人一听见这事，个个都立刻死了。从此这猫族绝了种。

这寄生命在别的物体上的故事，在民间传说里很多，大概与图腾有多少关系吧。

## 人事的猫

所谓人事的猫，是人们对于猫的行为与态度。古代罗马人以猫为自由的象征。罗马自由女神的形象是一手持杯，一手持折断的王节，脚下睡着一只猫。除去古埃及以外，以猫为神圣的恐怕要数到古罗马了。欧洲许多地方以猫为土谷神，富莱沙的名著《金枝集》里举出许多有趣的

风俗，试在这里引录出来：

（一）在法国窦菲涅（Dauphine）的白里安逊（Briancen）地方，当麦熟时，农人用花带和麦穗饰猫，教它做球皮猫（Le Chat de Peau de Salle），假如刈麦者受伤，就用那球皮猫来舔伤口。收获完了，更把它装饰起来，大家围着它舞蹈。舞完，诸女子才慎重地把它的装饰卸除掉。

（二）在波兰西勒西亚（Silesia）的格鲁尼堡（Grüneberg）地方，农人不用真猫，叫那收割田的最后一穗的农夫作多马猫（Tom Cat）。别人把墨麦秆与绿枝条围绕着他；又打一条很长的辫子系在他身上，当作他的尾巴。有时把另一个人打扮得和他一样，叫作猫，是当作女性的。多马猫与猫的工作是用一根长棍子追人来打。

（三）南洋诸岛人，有些也信猫与田禾有关，求雨时常用得着它。在南西里伯岛（Celebes），农人求雨，把猫缚在肩舆上，扛着绕行干燥的田边，同时用竹管引水。猫叫时，他们就说，主呀求你把雨降给我们。爪哇农人求雨最常用的方法是洗猫。洗猫有时是一只，有时是一对，用鼓乐在前引导。巴达维亚城，孩子们常为求雨洗猫，方法是把猫扔在水里，由它自己爬到边岸。苏门答腊有些村子在求雨时，村妇着衣服涉入水中，戽水相溅，然后扔一只黑猫进水，容它在水里泅些时候，才由它泅上岸去。妇女们戽着水随在它后头。

自从猫与魔鬼合在一起，做土谷神的猫在好些地方是要被杀的。法国有些地方，杀猫或捉猫便是到田里收获的别名。有些地方，打谷打到最后一把，农人就将一只猫放在一起，用连枷来打死它。到最近的星期日，把它烧熟了当圣物吃。法国亚美安（Amiens）农人若说他们去杀猫便是收获完工的意思。收获的工作完毕，他们就在田里杀死一只猫。波希米亚人把猫杀死埋在田中，为的是教禾稼不受损害。这都是土谷神的悲惨命运。

欧洲许多地方虽然还以杀猫为不吉利，但在节期当它作魔鬼或巫师的变形来处治的事也不少。

法国古时在仲夏月、复活节、忏悔日，和纪念耶稣在旷野四旬的春斋期，每在巴黎格里弗场（Placede Gréve）举喜火。通常是把活猫放在一个篮子里，或琵琶桶里，或口袋里，悬在火中一根竿子上头。有时他们也烧狐狸。烧完，人们收拾火灰与烬余物回家，相信可以得到好运气。法国国王常亲来举火。最末一次是一六四八年，路易十四举的。他戴着玫瑰花冠，手里也捧着一束玫瑰，举火以后，还围着火堆与大众舞蹈，舞完到市公所举行大宴会。

法国亚尔丹尼士省（Ardennes）人当春斋的第一个星期日烧猫。在火熄后，牧人把牛羊赶来，教它们越过灰烬，以为可以免除灾害。举火者必是年中最后结婚的新人，有时用男，有时用女，新人举火后，大众围着火堆舞蹈，求来丰年。

在婚礼上，有些地方也杀猫。德国爱菲尔（Eifel）地方，结婚人家在婚后几个星期举行猫击礼（Katzenschlag），法国克鲁士（Creuse）人于结婚日带一只猫到礼拜堂去，用它来打贺喜的亲友。一直把它打到死，才把它煮熟了给新郎新娘吃。波兰风俗，假如新郎是个鳏夫，在家里需要打破玻璃门，把猫扔进去，新娘才随着扔猫的地方进入洞房。

　　猫肉本来不是常时的食品，但有许多地方的人很喜欢吃它。富莱沙告诉我们，在纽几内亚北边的俾斯麦群岛，土人爱吃猫，常常到邻村去偷别人的猫来吃。但那里的人信猫身体的一部分如未被吃，就可以作法教那吃的人生病。他们的方法是把猫尾巴剁掉收藏起来。若是猫不见了，一定是贼人偷去吃。猫主可以把所失的猫被剁下来的尾巴取出，同符咒一齐埋在隐秘地方。那贼就会生病。在那里的猫都是没尾巴的，因为必要如此，才没人敢偷。

　　中国人除去药用以外，吃猫也是由于特别的嗜好，如广州人春天所嗜的龙虎羹，便是蛇与猫的时食。从一般的习惯说，猫不是正常的食品。有些地方还以为猫是杀不得的，因为一只猫管七条命，如人杀死一只猫，他得偿还七世的生命。

　　因为猫的形态颜色有种种不同，所以讲究养猫的都加意选择。选择的指导书是世传的《相猫经》。现在把主要的相法列举几条在底下：

　　（一）头面要圆。面长会食鸡，所以说，"面长鸡种绝"。

　　（二）耳要小而薄。这样就不怕冷，所以说，"耳薄毛毡不畏寒"。头与耳都不怕长。所谓猫贵五长，是说头、尾、身、足、耳都要长，不然，便是五秃。但《发微历正通书大全》又说："猫儿身短最为良。眼用金钱尾用长，面似虎威声振喊。老鼠闻之立便亡。"又说，"腰长会走家"。看来身长是不好的相。二说，不知谁是。

　　（三）眼要具金钱的颜色。最忌带泪和眼中有黑痕，所以说，"金眼夜明灯"。眼有黑痕的是懒相。

　　（四）鼻要平直。鼻钩及高耸是野性未除的相。这样的猫爱吃鸡鸭，所以说，"面长鼻梁钩，鸡鸭一网收"。

（五）须要硬而色纯。经说，"须劲虎威多。"又说，"猫儿黑白须，疴屎满神炉。"无须的会食鸡鸭。

（六）腰要短。腰长就会过家。

（七）后脚要高。后脚低就无威。

（八）爪要深藏而有油泽。露爪就会翻瓦。

（九）尾要长细而尖，尾节要短，且要常摆动。尾大主猫懒，常摆便有威，所以说，"尾长节短多伶俐"，"坐立尾常摆，虽睡鼠亦亡"。

（十）声要响亮。声音响亮是威猛的征象。

（十一）口要有坎。经说："上颚生九坎，周年断鼠声。七坎捉三季。坎少养不成。"

（十二）顶要有拦截纹。拦截纹是顶下横纹。相畜余编记，猫有拦截纹，主威猛。有寿纹，则加八字，或加八卦，或如重弓、重山，都好。没这些纹，就懒阔无寿。

（十三）身上要无旋毛。胸口如有旋毛，主猫不寿。左旋犯狗；右旋水伤。通身有旋，凶折多殃。所以说，"耳小头圆尾又尖，胸膛无旋值千钱"。

（十四）肛要无毛。经说："毛生屎屈，疴屎满屋。"

（十五）睡要蟠而圆，要藏头掉尾。

至于毛色，以纯黄为上，所谓"金丝猫"的就是。其次纯白的，名"雪猫"，但广东人不喜欢，叫它作"孝猫"，主不祥。再次是纯黑的，叫"铁猫"。纯色的猫通名为"四时好"。褐黄黑相兼，名为"金丝褐"。

黄白黑相间，名"玳瑁斑"。黑背白肢，白腹，名为"乌云盖雪"。四爪白，名"踏雪寻梅"。白身黑尾，最吉，名为"雪里拖枪"。通身黑而尾尖一点白名为"垂珠"。白身黑尾，额上一团黑色的，名为"挂印拖枪"，又名"印星"，主贵；而白身黑尾，背上一团黑色的，名为"负印拖枪"。黑身白尾，名为"银枪拖铁瓶"，又名"昆仑妲己"。白身而嘴边有衔花纹，名为"衔蚁奴"。通身白而有黄点，名为"绣虎"。身黑而有白点，名为"梅花豹"，又名"金钱梅花"。黄身白腹，名为"金聚银床"。白身黄尾，名为"金簪插银瓶"，又名"金素挂银瓶"。白身或黑身，而背上有一点黄的，名为"将军挂印"。身尾及四足俱有花斑，名为"缠得过"。这些都是人格的猫，至于黄斑、黑斑，都是狸的常形，不算稀奇。此外如"狸奴""虎舅""天子妃""白老""女奴"等，是猫的别名。爱猫的也带给猫许多好名字。最雅的如唐贯休有猫名"焚虎"，宋林灵素字"金吼鲸"，明嘉靖大内的"霜眉"，清吴世瑶的"锦衣娘""银睡姑""啸碧烟"，都好。其他名字可参看《猫苑》（卷下）名物，此地不能尽录出来。

## 自然的猫

人与猫相处，觉得猫有许多生理上及心理上的特性。如独生猫，每为人所喜爱。中国各处有相同的口诀，说："一龙，二虎，三太保，四老鼠。"意思是独生的猫如龙，孪生的猫似虎。一胎三只以上就不大好了。闽南人的口诀是："一龙，二虎，三偷食，四背祖。"所以生三只，四只，不是懒怯，就是不认主人。但这都是人们对于猫的见解，究竟如何，也不能断定。在《贤奕》里引出一段龙猫、虎猫的笑话。

齐奄家畜一猫，自奇之，号于人曰虎猫。客说之曰，虎诚猛，不如龙之神也。请更名曰，龙猫。又客说之曰，龙固神于虎也。龙升天，须浮云。云其尚于龙乎？不如名曰云。又客说之曰，云霭蔽天，风倏散之。云固不敌风也。请名曰风。又客说之曰，大风飚起，惟屏与墙，斯足蔽矣。风其如墙何？名之曰墙猫。又客说之曰，维墙虽固，维鼠穴之，墙斯圮矣，墙又如鼠何？即名曰鼠猫。东里丈人嗤之曰，猫即猫耳，胡为自失其本真哉？

这可以见得名龙，名虎，乃属主观的，不必限于独生或孪生的关系。又人对猫的观察常有错误。如说，猫捕食老鼠以后，它的耳朵必定有缺。像老虎的耳朵在吃人以后的锯缺一样。大概缺的原因是由于偶然的损伤，绝非因吃了一个人或一只鼠就缺一块。

有一件事最显然的是猫常有吃掉自己的小猫的情形。这情形，在狗和别的动物中间也常见，不过人没注意到罢了。中国人的解释是猫当哺乳时期，属虎的人不能去看它，若是看见了，母猫必要徙窠，甚至把小猫都吃掉。空同子说："猫见寅人，则衔其儿走徙其窠。"《黄氏日抄》说："猫初生，见寅肖人，而自食其子。"但有些地方以为给属鼠的人见到，母猫就会把小猫吃掉。又李元《蠕范》说："猫食鼠，上旬食头，中旬食腹，下旬食足。"这也未见得是正确的观察，其实要看鼠的大小，

及猫的性格而定。有些猫只会捕鼠，把鼠咬死就算，一口也不吃，有些只会捕鸟，看见老鼠都懒得去追。

欧洲人以为一只猫有九条命，因为它很难致死。这话在文学上用得很多。德国的谚语甚至有"一只猫有九条命；一个女人有九只猫的命"。表示女人的命比猫还要多几倍。从动物学的观点说，猫的命是有许多生理上的特长来保护着它。最惹人注意的是，凡猫从高处摔下，无论如何，四条腿总是先落在地上，不会摔伤。这现象固然是由于猫的祖先升树的习性所形成，但主要的还是它能利用身体的均衡运动。脊椎动物的耳里有半圆管司身体的均衡作用。这半圆管的功用在耳司听觉以前便有了。听觉是动物进化后才显出的作用，在此以前，身体的均衡比较重要。猫还保持着它灵敏的均衡作用，所以无论人怎样扔它，它很容易地翻过身来，使四只脚先到地。而且它的脚像安着弹簧一样，受全身的重力，一点也没伤害。如果一只猫不会这样，那就是因为它太被豢养惯了。

猫的触须很长，这也是哺乳动物所常有的，即如鲸的上唇也有。不过在猫族中，触须特别发达，因为它们要走在黑暗地方，这须于感觉的帮助很大。猫还有特灵的嗅觉和听觉。家猫与野猫都可以辨别极细微的声音。从这些声音，它们可以认识是从什么地方，什么东西发出的，但是它们所认的不是音的高低，乃是声的大小。它们能听人的说话，并不像狗那样真能懂得，只是由声的大小供给它们的联想而已。

猫可以在夜间看见东西。这是因为猫类多半是夜猎的兽，非到昏暗不出来，它们能利用微暗的光来看东西。它们的瞳子，因为需要光度的大小，而形成伸缩作用。所谓猫眼知时，乃是受光的强弱所生现象。关于依猫眼测时间的歌诀很多，最常见的是："子午线，卯酉圆，寅申巳亥银杏样，辰戌丑未侧如钱。"这在平常的时候，固然可以，如果在天阴、暗室里，就不一定准了。在越黑暗的地方，猫的瞳子放得越大。眼的网膜有一层光滑如镜的薄面，这也是帮助它在暗处见物的一件法宝。因为它有这样的网膜，所以人每见它在暗处两眼发光，但在无光的地方如物理实验的暗房里，猫眼也不能被看见，因为所有的眼都不能自发光辉。所有的猫都是色盲的。它们住在一个灰色的世界里。它们虽然能够分辨红白，但也不是从色素，只是由光的刺激的大小分别出来。我们可以说猫不只是音聋和色盲，并且于听视二觉都有缺陷。它本是夜猎的兽类，所以对于声音与颜色只需能够辨别大小远近就够了。

俗语说："猫认屋，狗认人。"猫有本领认识它所住的地方，虽然把它送到很远，若不隔着水和高墙，它总会寻道回来。这个本领在林栖的动物中常有，尤其是在哺乳期间，母兽必有寻道还窠的能力，不然，小兽就会有危险。

中国书上常说，猫的鼻端常冷，唯夏至一日暖。这是因为它的鼻常湿，为要增加嗅觉作用，与阴阳气无关。

猫的感情作用，最显然的是见到狗或恐怖时，全身的毛竖立起来。不过这不必每只猫都是一样，有的与狗做朋友，见了一点也不害怕。毛竖的现象，在人类与其他哺乳动物都有，在肾脏的前头有一个小小的器官，名叫"肾上腺"，它是对付一切非常境遇的器官。从这腺分泌肾上腺碱（Adrenalin）游离于血液中间，分布到全身。这种分泌物，现在叫

作"兴奋体"（Hormones）。它们是"化学的传信者"，常为保持身体的利益而分泌到身上各部分。肾上腺碱，一分泌出来，就可以增加血液的压力，紧张肌肉，增加心动等；还可以激动毛发下的小肌肉使毛发竖立起来。身体有强烈的情绪就是神经受了大刺激，如系属于恐怖的，肾上腺碱立时要分泌出来，使血液里的糖分增加散布到各部分，它的主要功用，是可以振奋精神，如受伤出血时，可以使血在伤口凝结得快些。所以猫和人一样，在预备争斗或恐怖的时候，血里都满布着肾上腺碱。这兴奋体是近代的发现，医药家每取肾上腺碱来做止血药及提神药，大概所有的药房都可以买得到。

猫一竖毛，同时便发出吼声，身体四肢做备斗的姿势，它的生理上的变化也和人类一样。第一步是愤怒，由愤怒刺激肾上腺，肾上腺急剧地制造肾上腺碱，分泌出来随着血液传达到全身。身体于是完成争斗的预备而示现争斗的姿势。若是争斗起来，此肾上腺碱一方面激起兴奋作用；受伤时，就显止血作用，若是斗不起来，情绪便渐渐松弛，身体姿势也就渐次复原了。

猫是最美丽最优雅的小动物，从来养它的人们不一定是为捕鼠，多是当它做家里的小伴侣。普通的家猫可分为二类，一是长毛种，一是短毛种，前者比较贵重，后者比较常见。长毛猫不是中国种，最有名的是"金奇罗"（Chinchilla），它的眼睛，绿得很可爱。其次是"师莫克"（Smoke），它有琥珀样的眼睛。这两种长毛猫在欧洲的名品很多，毛色多带灰蓝，但其他色泽也有。还有一种名"达比士"（Tabbies），也很可贵。所有长毛猫都是一个原种变化出来的。中国的长毛猫古时多从波斯输入，所以也称为波斯猫或狮猫。短毛猫各国都有。讲究养猫的，都知道此中的优种是亚比亚尼亚种、俄罗斯种、暹罗种。亚比亚尼亚猫很像埃及种，大概是古埃及的遗种。这种猫身尾脚耳都很长，颜色多为黑、褐，很少白的。俄罗斯猫眼带绿色，毛细而密，为北方优种。暹罗猫多乳白色，头脚尾褐色，宝蓝眼，从前只饲于宫中，近来才流出各处。此外，如英国的人岛猫，属于短毛类，它的奇特处是没有尾巴，像兔子一样。中国的特种猫，据《猫苑》说，有闽粤交界的南澳岛所产的歧尾猫，这种猫的尾巴是卷曲的，名叫麒麟尾，或如意尾，很会捕鼠。又四川简州有一种四耳猫，耳中另有小耳，擅长捕鼠，州官每用来充作方物贡送寅僚，四川通志和袁枚《续子不语》（卷四）都记载这话，但不知道所谓四耳，究竟是怎样的。

以上关于猫的话，不过是略述猫的神话、人事与自然三方面。因为它对于人的关系那么久远，养它的人不一定是为治鼠，才把它留在家里。它也是家庭的好伴侣，若将它与狗来比，它是静的和女性的，狗正与它相反。作者一向爱猫，故此不惮烦地写了这一大篇给同爱的读者。

# 小麻猫

郭沫若

## 一

我素来是不大喜欢猫的。

原因是在很小的时候，有一天清早醒来，一伸手便抓着枕边的一小堆猫粪。

猫粪的那种怪酸味，已经是难闻的；让我的手抓着了，更使得我恶心。

但我现在，在生涯已经走过了半途的目前，却发生了一个心理转变。

## 二

重庆这座山城老鼠多而且大，有的朋友说：其大如象。

去年暑间，我们住在金刚坡下面的时候，便买了一只小麻猫。

雾期到了，我们把它带进了城来。

小麻猫虽然稚小，却很矫健。

夜间关在房里，因为进出无路，它爱跳到窗棂上去，穿破纸窗出入。破了又糊，糊了又破，不知道费了多少事。但因它爱干净，捉鼠的本领也不弱，人反而迁就了它，在一个窗格上特别不糊纸，替它设下布帘。然而小麻猫却不喜欢从布帘出入，总爱破纸。

在城里相处了一个月，周围的鼠类已被肃清，而小麻猫突然不见了。

大家都觉得可惜，我也微微有些惜意：因为恨猫究竟没有恨老鼠厉害。

## 三

小麻猫失掉，隔不一星期光景，老鼠又猖獗了起来，只得又在城里花了十五块钱买了一只白花猫。

这只猫子颇臃肿，背是弓的。说是兔子倒像些，却又非常的濡滞。

这白花猫倒有一种特长，便是喜欢吃馒头，因此我们呼之为"北京人"。

"北京人"对于老鼠取的是互不侵犯主义。我甚至有点替它担心，怕的是老鼠有一天要不客气起来，竟会侵犯到它的身上去的。

## 四

就在我开始替"北京人"担心的时候，大约也就是小麻猫失掉后已经有一个月的光景，一天清早我下床后，小麻猫突然在我脚下缠绵起来了。

——啊，小麻猫回来了！它不知道是什么时候回来了的。

家里人很高兴，小麻猫也很高兴，它差不多对于每一个人都要去缠绵一下，对于以前它睡过的地方也要去缠绵一下。

它是瘦了，颈上和背上都拴出了一条绳痕，左侧腹的毛烧黄了一大片。

使小麻猫受了这样委屈的一定是邻近的人家，拴了一月，以为可以解放了，但它一被解放，却又跑回了老家。

## 五

小麻猫虽然瘦了，威风却还在。它一回到老家来依然觉得自己是主人，把"北京人"看成了侵入者。

"北京人"起初和它也有点敌忾，但没几秒钟就败北了，反而怕起它来。

相处日久之后，小麻猫和"北京人"也和睦了，简直就跟兄弟一样——我说它们是兄弟，因为两只都是雄猫。

它们戏玩的时候，真是天真，相抱，相咬，相追逐，真比一对小人儿还要灵活。

就这样使那濡滞的"北京人"也活跃起来了，渐渐地失掉了它的兔形，即恢复了猫的原状。

跳窗的习惯，小麻猫依然是保存着的。经它这一领导，"北京人"也要跟着来，起先试练了多少次，便失败了多少次，不久公然也跳成功了。

三间居室的纸窗，被这两位选手跳进跳出，跳得大框小洞；冬风也和它们在比赛，实在有些应接不暇。

人是更会让步的，索性在各间居屋的门脚下剜了一个方洞，以便于猫们进出。这事情我起初很不高兴，因为既不雅观，又不免依然替冷风开了路，不过我的抗议是在洞已剜成之后，自然是枉然的。


# 六

小麻猫回来之后，又相处了有一个月的光景，然而又失掉了。

但也奇怪，这一次大家似乎没有前一次那样地觉得可惜。

大约是因为它的回来是一种意外的收获，失掉也就只好听其自然了吧。

更好在"北京人"已被训练成为了真正的猫，而不再是兔子了。

老鼠已经不再跋扈，这更减少了人们对于小麻猫的思慕。

小麻猫大概已被人带到很远很远的地方去了吧，它是怎么也不会回来的了。——人们也偶尔淡淡地这样追忆，或谈说着。


## 七


可真是出人意外，小麻猫的再度失去已经六七十天了，山城一遇着晴天便已感觉着炎暑的五月，而它突然又回来了。

这次的回来是在晚上，因为相离得太久，对人已经略略有点胆怯。

但人们喜欢过望，特别的爱抚它。我呢？我是把几十年来对猫厌恶的心理，完全克服了。

我感觉着，我深切地感觉着：我接触着了自然底最美的一面。

我实在是受了感动。

回来时我们正在吃晚饭，我拈了一些肉皮来喂它，这假充鱼肚的肉皮，小麻猫也很欢喜吃。我把它的背脊抚摩了好些次。

我却发现了它的两只前腿的胁下都受了伤。前腿被人用麻绳之类的东西套着，把双腿胁部的皮都套破了，伤口有两寸来长，深到使皮下的肉猩红地露出。

我真禁不住要对残忍无耻的两脚兽提出抗议，盗取别人的猫已经是罪恶，对于无抵抗的小动物加以这样无情的虐待，更是使人愤恨。

## 八

盗猫的断然是我们的邻居：因为小麻猫失去了两次都能够回来，就在这第二次的回来之后都不安定，接连有两晚上不见踪影，很可能是它把两处都当成了它的家。

今天是第二次回来的第四天了，此刻我看见它很平安地睡在我常坐的一个有坐褥的藤椅上。我不忍惊动它。

昨天晚上我看见它也是在家里的，大约它总不会再回到那虐待它的盗窟里去了吧。

## 九

我实在感触着了自然的最美的一面，我实在消除了我几十年来的厌猫的心理。

我也知道，食物的好坏一定有很大的关系，盗猫的人家一定吃得不大好，而我们吃的要比较好一些——至少时而有些假充鱼肚骗骗肠胃。

待遇的自由与否自然也有关系。

但我仍然感觉着，这里有令人感动的超乎物质的美存在。

猫子失了本不容易回来，小麻猫失了两次都回来了，而它那前次的依依，后次的腼怯都是那么的通乎人性。而且——似乎更人性。

我现在很关心它，只希望它的伤早好，更希望它不要再被人捉去。

连"北京人"我也感觉着一样的可爱了。

我要平等的爱护它们，多多让它们吃些假充鱼肚。

# 猫

夏丏尊

　　白马湖新居落成，把家眷迁回故乡后数日，妹就携了四岁的外甥女，由二十里外的夫家雇船来访。自从母亲死后，兄弟们各依了职业迁居外方，故居初则赁与别家，继则因兄弟间种种关系，不得不把先人有过辛苦历史的高大屋宇售让给附近的暴发户，于是兄弟们回故乡的机会就少，而妹也已有六七年无归宁的处所了。这次相见，彼此既快乐又酸辛。小孩之中竟有未曾见过姑母的，外甥女也当然不认得舅妗和表姊，虽经大人指导勉强称呼，总是呆呆地相觑着。

　　新居在一个学校附近，背山临水，地位清静，只不过平屋四间。论其构造，连老屋的厨房还比不上，妹却极口表示满意：

　　"虽比不上老屋，终究是自己的房子。我家在本地已有许多年没有房子了！自从老屋卖去以后，我多少被人瞧不起！每次乘船经过老屋面前，真是……"

妻见妹说得眼圈有点儿红了，就忙用话岔开：

"妹妹你看，我老了许多了吧？你却总是这样后生。"

"三姊倒不老！——人总是要老的。大家小孩都已这样大了，他们大起来，就是我们在老起来。我们已六七年不见了呢。"

"快弄饭去吧！"我听了他们的对话，恐再牵入悲境，故意打断话头，使妻走开。

妹自幼从我学会了酒，能略饮几杯。兄妹且饮且谈，嫂也在旁羼着。话题由此及彼，一直谈到饭后，还连续不断。每到妹和妻要谈到家事或婆媳小姑关系上去，我总立即设法打断。因为我是深知道妹在夫家的境遇的，很不愿再难得晤面的当初，就引起悲怀。

忽然，天花板上起了嘈杂的鼠声。

"新造的房子，老鼠就这样多吗？"妹惊讶地问。

"大概是近山的缘故吧。据说房子未造好就有了老鼠的。晚上更厉害，今夜你听，好像在打仗哩，你们那里怎样？"妻说。

"还好，我家有猫。——快要产小猫了，将来可捉一只来。"

"猫也大有好坏，坏的猫老鼠不捕，反要偷食，到处撒屎，还是不养好。"我正在寻觅轻松的话题，就顺了势讲到猫上去。

"猫也和人一样，有种子好不好的。我那里的猫是好种，不偷食，每朝把屎撒在盛灰的畚斗里。——你记得从前老四房里有一只好猫罢。我们那只猫，就是从老四房里讨去的小猫。近来听说老四房里断了种了，——每年生一胎，附近养蚕的人家都来千求万恳地讨，据说讨去的都不淘气。现在又快要生小猫了。"

老四房里的那只猫向来有名。最初的老猫是曾祖在世时就有了的。不知是哪里得来的种子，白地小黄黑花斑，毛色很嫩，望上去像上等的狐皮"金银嵌"。善捉鼠，性质却柔驯得了不得，当我小的时候，常去抱来玩弄，听它念肚里佛，挖看它的眼睛，不啻是一个小伴侣。后来我由外面回家，每走到老四房去，有时还看见这小伴侣的子孙。也曾想讨一只小猫到家里去养，终难得逢到恰好有小猫的机会，自迁居他乡，十年来久不忆及了。不料现在种子未绝，妹家现在所养的，不知已是最初老猫的几世孙了。家道中落以来，田产室庐大半荡尽，而曾祖时代的猫，尚间接地在妹家留着种子，这真是一种不可思议的缘，值得叫人无限感兴的了。

"哦！就是那只猫的种子！好的，将来就给我们一只。那只猫的种子是近地有名的。花纹还没有变吗？"

"你欢喜哪一种？——大约一胎多则三只，少则两只，其中大概有一只是金银嵌的，有一二只是白中带黑斑的，每年都是如此。"

"那自然要金银嵌的啰。"我脑中不禁浮出孩时小伴侣的印象来。更联想到那如云的往事，为之茫然。

妻和妹之间，猫的谈话仍继续着，儿女中大些的张了眼听，最小的阿满摇着妻的膝问："小猫几时会来？"我也靠在藤椅上吸着烟默然听她们。

"猫小的时候，要教会它才好。如果撒屎在地板上了，就捉到撒屎的地方，当着它的屎打，到碗中偷食吃的时候，就把碗摆在它的前面打，这样打了几次，它就不敢乱撒屎多偷食了。"

妹的猫教育论，引得大家都笑了。

次晨，妹说即须回去，约定过几天再来久留几日，临走的时候还说：

"昨晚上老鼠真吵得厉害，下次来时，替你们把猫捉来吧。"

妹去后，全家多了一个猫的话题。最性急的自然是小孩，他们常问"姑妈几时来？"其实都是为猫而问。我虽每回回答他们："自然会来的，性急什么？"而心里也对于那与我家一系有二十多年历史的猫，怀着迫切的期待，巴不得妹——猫快来。

妹的第二次来，在一个月以后，带来的只是赠送小孩的果物和若干种的花草苗种，并没有猫。说小猫前几天才出生，要一月后方可离母。此次生了三只，一只是金银嵌的，其余两只是黑白花和狸斑花的，讨的人家很多，已替我们把金银嵌的留定了。

猫被送来，已是妹第二次回去后半月光景的事。那时已过端午，我从学校回去，一进门，妻就和我说：

"妹妹今天差人把猫送来了，她有一封信在这里。说从回去以后就有些不适应。大约是发寒热，不要紧的。"

我从妻手里接了信草草一看，同时就向室中四望：

"猫呢？"

"她们在弄它，阿吉、阿满，你们把猫抱来给爸爸看看！"

立刻，听得柔弱的"尼亚尼亚"声，阿满从房中抱出猫来：

"会念佛的，一到就蹲在床下，妈说它是新娘子呢。"

我熟视着女儿手中的小猫说：

"还小呢，别去捉它，放在地上，过几天会熟的。当心碰见狗！"

阿满将猫放下。猫把背一耸就踉跄地向房里遁去。接着就从房内发出柔弱的"尼亚尼亚"的叫声。

"去看看它躲在什么地方。"阿吉和阿满蹑着脚进房去。

"不要去捉它啊!"妻从后叮嘱她们。

猫确是金银嵌,虽然产毛未褪,黄白还未十分夺目,尽足依约地唤起从前老四房里的小伴侣的印象。"尼亚尼亚"的叫声,和"咪咪"的呼唤声,在一家中起了新气氛。在我心中却成了一个联想过去的媒介,想到儿时的趣味,想到家况未中落时的光景。

与猫同来的,总以为不成问题的妹的病消息,一二日后竟由沉重而至于危笃,终于因恶性疟疾引起了流产,遗下未足月的女孩而弃去这世界了。

一家人参与丧事完毕从丧家回来,一进门就听到"尼亚尼亚"的猫声。

"这猫真不吉利,它是首先来报妹妹的死信的!"妻见了猫叹息着说。

猫正在檐前伸了小足爬搔着柱子,突然见我们来,就踉跄逃去。阿满赶到橱下把它捉来了,捧在手里:

"你还要逃,都是你不好!妈!快打!"

"畜生晓得什么?唉,真不吉利!"妻呆呆地望着猫这样说,忘记了自己的矛盾,倒弄得阿满把猫捧在手里瞪目茫然了。

"把它关在伙食间里,别放它出来!"我一壁说一壁懒懒地走入卧室去睡。我实在已怕看这猫了。

立时从伙食间里发出"尼亚尼亚"的悲鸣声和嘈杂的搔爬声来。努力想睡，总是睡不着。原想起来把猫重新放出，终于无心动弹，连向那就在房外的妻女叫一声"把猫放出"的心绪也没有，只让自己听着那连续的猫声，一味沉浸在悲哀里。

从此以后，这小小的猫，在全家成了一个联想死者的媒介，特别的在我，这猫所暗示的新的悲哀的创伤，是用了家道中落等类的怅惘包裹着的。

伤逝的悲怀，随着暑气一天一天地淡去，猫也一天一天地长大。从前被全家所诅咒的这不幸的猫，这时候渐被全家宠爱珍惜起来了，当作了死者的纪念物。每餐给它吃鱼，归阿满饲它，晚上抱进房里，防恐被人偷了或是被野狗咬伤。

白玉也似的毛地上，黄黑斑错落得非常明显，当它蹲在草地上或跳掷在凤仙花丛里的时候，望去真是美丽。每当附近四邻或路过的人，见了称赞说"好猫！"的时候，妻脸上就现出一种莫可言说的矜夸，好像是养着一个好儿子或是好女儿。特别是阿满："这是我家的猫，是姑母送来的，姑母死了，就剩了这只猫了！"有人称赞猫的时候，她不管那些人陌生与不陌生，总会睁圆了眼起劲地对他说明这些。

猫做了一家的宠儿了，每餐食桌旁总有它的位置。偶然偷了食或是乱撒了屎，虽然依妹的教育法是要就地罚打的，妻也总看妹面上宽恕过去。阿吉阿满一从学校里回来就用了带子逗它玩，或是捉迷藏似的在庭间追赶它。我也常于初秋的夕阳中坐在檐下对了这跳掷着的小动物作种种的遐想。

那是快近中秋的一个晚上的事：湖上邻居的几位朋友，晚饭后散步到了我家里，大家在月下闲话。阿满和猫在草地上追逐着玩。客去后，我和妻搬进几椅正要关门就寝，妻照例记起猫来：

"咪眯！"

"咪眯！"阿吉阿满也跟着唤。

可是却听不到猫的"尼亚尼亚"的回答。

"没有呢！哪里去了？阿满，不是你捉出来的吗？去寻来！"妻着急起来了。

"刚刚在天井里的。"阿满瞠着眼含糊地回答，一壁哭了起来。

"还哭！都是你不好！夜了还捉出来做什么呢？——咪眯，咪眯！"妻一壁责骂阿满，一壁嘎了声再唤。

"咪眯，咪眯！"我也不禁附和着唤。

可是仍听不到猫的"尼亚尼亚"的回答。

叫小孩睡好了，重新找寻，室内室外，东邻西舍，分头到处寻遍，哪有猫的影儿？连方才谈天的几位朋友都过来帮着在月光下寻觅，也终于不见踪影。一直闹到十二点多钟，月亮已照屋角为止。

"夜深了，把窗门暂时开着，等它自己回来吧，——偷是没有人偷的，或者被狗咬死了，但又不听见它叫。也许不至于此，今夜且让它去吧。"我宽慰着妻，关了大门，先入卧室去。在枕上还听到妻的"咪眯"的呼声。

猫终于不回来。从次日起，一家好像失了什么似的，都觉得说不出的寂寥。小孩放学回来也不如平日的高兴，特别地在我，于妻女所

感得的以外，顿然失却了沉思过去种种悲欢往事的媒介物，觉得寂寥更甚。

第三日傍晚，我因寂寥不过了，独自在屋后山边散步，忽然在山脚田坑中发现猫的尸体。全身粘着水泥，软软地倒在坑里，毛贴着肉，身躯细了好些，项有血迹，似确是被狗或者野兽咬毙了的。

"猫在这里！"我不自觉叫了说。

"在哪里？"妻和女孩先后跑来，见了猫都呆呆地，几乎一时说不出话。

"可怜！一定是野狗咬死的。阿满，都是你不好！前晚你不捉它出来，哪里会死呢？下世去要成冤家啊！——唉！妹妹死了，连妹妹给我们的猫也死了。"妻说时声音呜咽了。

阿满哭了，阿吉也呆着不动。

"进去吧，死了也就算了，人都要死哩，别说猫！快叫人来把它葬了。"我催她们离开。

妻和女孩进去了。我向猫作了最后的一瞥，在黄昏中独自徘徊。日来已失去了联想媒介的无数往事，都回光返照似的一时强烈地齐现到心上来了。

# 我家的麻猫酸丁

苏雪林

我甚爱小动物，更爱猫。现年老，别的小动物无力养，猫则家中常有一只。不过现在这只猫是由野猫变成的。

我所住成大教职员宿舍大门围墙外，由于地势较宽广，前数年，一条巷子的垃圾都向我大门外倾倒，成为小丘。垃圾堆中当然有些废弃的鱼头肉骨，野猫遂以此为"淘金"之所。后来成大厉行环境清洁，到处设立有盖的垃圾箱，各处垃圾堆也铲平。那些野猫向来在我门前垃圾堆讨生活的，误以我为它们的食主，到我家爬纱窗，拱门户，对着我哀哀叫唤。我不胜其烦，也于心不忍，拌了一大碗鱼饭置后院，听它们吃去。猫之强者可以抢到三四口，弱者半口不到。我的力量有限，二百数十元十公斤的米，我吃不到三分之一，而三分之二，入了猫腹，我哪能布施得这么多？记得林海音母女来古都相访，祖丽见了这许多猫，曾讶然惊呼道："苏先生，你竟养了这一大群猫！"我答道："那是野的，一

只家的也没有。为怕它们吵我，只好每天施舍一碗饭安抚安抚。"后来那些野猫弱者慢性饿死，或者被人捉去卖给山地居民，渐渐减少了。只剩下一只丑陋不堪，带着两只猫仔的母麻猫。

那母猫始终野性难驯，想摩它一下，利爪便伸出来，划得我手背血痕缕缕。猫仔中一只也是母的，性情如母，手抚即逃。一只倒是公的，我手一近其身，背便拱起就抚。我坐院中晒太阳，它便在我身边撒娇打滚。这只小公猫背部毛酷肖其母，腹脚则白，身躯粗短，圆脸绿睛，看去也有几分可爱。从此便由野变家，成为我的宠物了。

梁实秋先生家有"白猫王子""黑猫公主"，想必还有什么"公"，什么"侯"我记不清。听说梁太太韩菁清每天为各猫洗澡、梳毛、整窝。梁先生亲自上街买鱼，他太太拌猫饭，还要将鱼刺一根根挑出，所费光阴一日数小时。梁家猫生来猫运亨通，故生活能如此贵族化。像我一个穷酸主人，猫也穷酸，哪里够得上荣膺什么王子公主的尊号，只好叫它"麻猫酸丁"，它的毛色本来白少麻多，我想这个名字，倒很恰当。

这只酸相不仅其貌不扬，虽属猫科，却胆小如鼠。那只母麻猫常引来一些雄猫，它们争风吃醋，打斗之余，独存一只，是只大黑雄猫，永远在我家里。这雄猫总爱欺侮我家这只酸丁，一见便追逐撕咬，有一回它的尾巴竟被咬断一截，因此见敌猫便亡魂失魄，藏躲不迭。那大雄猫也就堂而皇之，当起我家食客来。这雄猫长得身躯庞大、肥头胖耳，似系邻家所畜。本来不愁饿肚皮，但猫性甚贱，喜欢舍弃它家原有香鱼饭，到别家争几口残食。这样，我的小公猫可苦了，营养不足，皮毛当然不够光泽，发育也不甚完全。我不得已，只好另拌一碗饭，让它到我客厅里吃，麻猫母女的饭则在二门口。每次我要端个小凳坐着看守，一见野雄猫靠近，便大声呵叱。这样防范固有其效，可也无端耗费我许多的精力和光阴。

那麻母猫与它女儿小麻猫固吃定了我，叫我无可奈何。但它们还要招蜂引蝶，引些雄猫来要求"分我杯羹"。在它们固无所谓，在我这个穷酸主人岂不是大受其累？再者母麻猫一年要抱两窝甚至三窝，目下各家都坚壁清野，猫类已无处可以求食，更无可蔽风雨的隙地，容它当作生育的产房，所奇者它竟照生不误。等小猫长到两个月大，便领来我家，有一次竟领了七只小猫来，母乳不足，个个瘦削如柴，那母猫似乎对我说："我的儿女现在可以吃饭，我乳已竭，请你代劳饲喂吧。"我只好喂以牛乳，稍得长大，忽像发了一阵猫瘟，数日内，七只小猫都凋零了。兽类将死，每能自觅藏其遗蜕的秘处，我竟不知这些小猫身死何地，害得我墙根篱脚，百计搜寻，才把那些小尸体寻出，掘坑掩埋，免得因猫瘟而引起人瘟。

我想母女两猫每年这样繁殖起来，我可饲养不起。幸而那小母猫后忽失踪，仅其母一猫，子孙娘娘般，一年两窝三窝，繁衍不绝。记得有人说：兽类无食，会自动节育，我想这不过是他"想当然耳"。万物之灵的人类，尚不能自动节育，何况无甚灵性的动物？况我那只老麻猫日日有雄猫相伴，想节育也有所不能。又幸而它生育虽繁，育成却甚少，这或者它生育只在草丛里，受风霜雨露的侵袭，小猫一生下便受病痛的缘故。

搁开这只老麻猫的事，再谈我的宠猫小公猫。那小公猫因我让它在

客厅里吃饭，竟无师自通地学会抓开纱门，自由登堂入室。它声带不发达，亦非全哑，遇着大雄猫追逐时也能嘶声叫唤。不过猫类当主人手抚其脊毛时，每能唔唔作声，表示感激，此猫则不能，但是默默地一声不响。可是它恋主之心，有似狗类，总想依偎主人身畔，寸步不离。我坐客厅阅书报，它则躔我脚背，渐跃上小茶几，蜷卧一团，呼呼酣睡。我起身入书房想从事写作，它立刻警醒，一跃下几，跟我入房。跃上我的书桌，又蜷成一团，正当我的鼻下，这叫我怎能工作呢？只好提起它，安置它于书桌旁。我喝茶或取什么时，它又立时警醒，跟我出来。我尝戏称它是只"孝猫"。我年老孤寂，有这个哑巴儿孙相伴，也有安慰。

本年六月初，我在厨房拌猫饭，误踩青菜叶，滑跌一交，跌断腿骨，虽不能怪罪此猫，究竟这种灾祸是因它而起。自医院回家以后，不再在客厅喂它，每日拌好饭，叫女工摆在二门外，与它母亲老麻猫共食。外面大雄猫来抢它们的饭，我再也顾不得。那老麻猫白吃我已五年。虽已皮毛凋敝，猫龄衰老，而风骚不减。情夫靠近饭碗，它让开。亲子伸踊，则利爪相向，所以我这只无用小公猫挨饿时候多。它常徘徊我纱门外（怕它抓开，已扣住）望着我，虽不能说话，目光中是哀求我让它进屋。可是，我现在怎能容它进来呢？它虽孝我，遇羊鱼肉类的食物，便会充分发挥猫类的"馋性"。我进餐时若有荤菜，吃不完收贮桌上的小纱橱，它会把小纱橱拱开，扬长避短去享用。以前我可以逐它出去，于今扶着四脚架才能走几步，又怎能满屋子东追西赶它，驱它出屋呢？我断腿尚未长合，再跌一跤，那可不是玩的呀！

# 贪污的猫

丰子恺

　　我家养了五只猫。除了一只白猫是已故的老白猫——就是我曾在《自由谈》上哀悼它的"白象"——所生以外，其余四只都是别人送我们的。就因为我在写了那篇悼白象的文章，读者以为我喜欢猫，便你一只、我一只地送来。其实我并不喜欢真猫，不过在画中喜欢画猫而已；喜欢猫的，倒是我的女孩子们。因为她们喜欢，就来者不拒，只只收养。客人偶然来访，看见这许多猫围着炭火炉睡觉，洗脸，捉尾巴，厮打，互相舐面孔，都说："好玩！""有趣！"殊不知主人养这五只猫，麻烦透顶，讨气之极！客人们只在刹那间看到其光明的一面，而不知其平时的黑暗生活；好比只看见团体照相的冠冕堂皇，而不悉机关内容的腐败丑恶，自然交口赞誉。若知道了这群猫的生活的黑暗方面，包管你们没有一人肯收养的！原来它们讨气得很：贪嘴，偷食，而且把烂污撒在每人的床脚底下，竟是一群"贪污的猫"。

　　有一天，大司务买菜回来，把菜篮向厨房的桌上一放，去解一个溲。回来时篮内一条大鳜鱼不翼而飞了，东寻西找，遍觅不得。忽听见后面篱笆内有猫吼声，原来五只猫躲在那里分赃，分得不均，正在那里吵架！大司务把每只猫打一顿，以示惩戒；然而赃物已大半被吞，狼藉满地，收不回来了。

　　后来又有一天，因为市上猫鱼常常缺乏，大司务一次买了一万元猫鱼来囤积。好在天冷，还不致变坏。他受了上次的教训，把囤积的猫鱼放在菜橱的最高层。这天晚上，厨房里"砰澎括拉"，闹个不休。大司务以为猫在捉老鼠，预备明天对猫明令嘉奖。岂知第二天早上起来一看，橱门已经洞开，囤积在上层的猫鱼被吃得精光，还把鱼骨头零零落落地掉在下层的菜碗里。大司务照例又把五只猫各打一顿，并且饿它们一天，以示惩戒。自今以后，橱门上加了锁，每晚锁好，以防贪污。

　　猫在一晚上吃了一万元猫鱼，隔夜饱了，次日白天，不吃无妨。但到了晚上，隔夜吃的早已消化，肚子饿起来，就向大司务叫喊。大司务不但不喂，又给一顿打。诸猫无奈，就向食桌上转念头。这晚上正好有一尾大鱼。老妈子端齐了菜蔬碗，叫声大家吃饭，管自去了。偏偏这晚上大家事忙，各人躲在房间里，工作放不下手，迟了一二分钟出来。一看，桌上有一只空盆，盆底上略有些汤。我以为今晚大司务做了一样别致的菜了。再看，桌上一道淋漓点滴的汤，和几个猫脚印。这正是猫的贪污的证据了，我连忙告发。大家到处通缉，迄无着落。后来听得厢房内有猫叫声，连忙打开电灯一看，五只猫麇集在客人床里吃一条大鱼，鱼头、鱼尾、鱼汤，点缀在刚从三友实业社出三十万元买来的白床毯上！这回大加惩罚：主母打一顿，老妈子和大司务又打一顿。打过之后，也不过大家警戒，以后有鱼，千万当心，谨防贪污。而这天的晚餐，大家没得鱼吃了。

以后，鱼的贪污，因为防范甚严，没有发生。岂知贪污不一定为鱼，凡有油水有腥气的东西，皆为猫所觊觎。昨天耶稣圣诞，有人送我一个花蛋糕，像帽笼这么一匣。客人在座，我先打开来鉴赏一下，赞美一下，但见花花绿绿的，甜香烘烘的，教人吞唾液。客人告辞，大家送出门去，道谢道别。不过一二分钟，回转来一看，五只猫围着蛋糕，有的正在舐食上面的糖花，有的咬了一口蛋糕，正在歪着头咀嚼。连忙大喊"打猫"，五猫纷纷跳下桌子，扬长而去。而蛋糕已被弄得一塌糊涂，不堪入目了。我们只得把五猫吃剩的蛋糕上面削去一层，把下面的大家分食了。下令通缉，诸猫均在逃，终无着落。

上面所举，只是著名的几件大案子。此外，小小案件，不可胜计，我也懒得一一呈报了。更有可恶的，贪吃偷食之外，又要撒烂污在每人的床底下。就如昨夜，我睡在床里，闻得猫屎臭，又腥又酸的，令人作呕。只得冒了夜寒，披衣起床，用电筒检查。但见枕头底下的地上，赫然一堆猫屎！我房间中，本来早已戒严，无论昼夜，不准贪污的猫入内。但是这些东西又小又滑，防不胜防。我们无法杜绝贪污，只得因循姑息下去。大小贪污案件，都只在发生的当初轰动一时，过后渐渐冷却，大家不提，就以不了了之。因此诸猫肆无忌惮，继续贪污。

今天我忽发心，要彻底查究猫的贪污，以根绝后患。我想，猫的贪污，定是由于没有吃饱之故。倘把只只猫喂饱，它们食欲满足，就各自

去睡觉，洗脸，捉尾巴，厮打，或互相舐面孔，不致作恶为非了。于是我叫大司务来，问他："每日喂几顿？每顿多少分量？"大司务说："每日规定三顿，每顿规定一千元猫鱼，拌一大碗饭。"我说："猫有五只，这一点点怎么吃得饱呢？"大司务说："它们倾轧得厉害。有时大猫把小猫挤开，先拣鱼来吃光，然后让小猫吃。有时小猫先落手为强，轮到大猫就没得吃。吃是的确吃不饱的。"我说："为什么不多买点猫鱼，多拌点饭呢？"大司务说："……"过了一会，又说："太太规定如此的。"我说："你去。"就去找太太，讨论猫的待遇问题。我说："这许多猫，怎么每天只给一千元猫鱼呢？待遇这样薄，难怪它们要贪污了！"太太满不在乎地回答："并没有薄，一向如此呀！"我说："物价涨了呀！从前一千元猫鱼很多，现在一千元猫鱼只有一点点了！你这办法，正是教唆诸猫贪污！你想，它们吃不饱，只有东钻西钻，偷偷摸摸，狼狈为奸，集团贪污。照过去估计，猫的贪污，使我们损失很大！你贪小失大，不是办法。依我之见，不如从今大加调整。以物价指数为比例：米三十万元的时候每天给一千元猫鱼，如今米九十万了，应给三千元猫鱼。这样，它们只只吃饱，贪污事件自然减少起来。"太太起初不肯。后来我提及了三友实业社的三十万元的床毯被猫集团贪污而弄脏的事件，太太肉痛起来，就答允调整。立刻下手令给大司务，从明天起，每日买三千元猫鱼。料想今后，我家猫的贪污案件，一定可以减少了。

# 膝上黄狸一世情

袁鹰

　　夏衍老人生前，有广泛的生活情趣。他爱收藏书画，爱集邮，爱从电视里看足球、女排和乒乓的赛事。书画中钟情于扬州八怪和吴昌硕、齐白石的作品，还藏有清初词人纳兰性德的手卷，以及中国第一套邮票——大龙邮票这类稀世珍品。这些文化精品，包括近三千册图书，晚年都分别捐献给上海、浙江的博物馆和现代文学馆，不取任何回报。他说："这些收藏都是国家的，我只是代为收集而已。"他将自己的一切都献给了人民。

　　但他也有无法捐献的，比如养的小动物。

　　全国解放后，尽管有频繁的政治风雨，毕竟生活比较安定，使他有饲养小动物的可能。他酷爱养猫，那是同他相识的人都知道的。先后去南竹竿巷、朝内北小街和西单大六部口寓所看望夏公的人，总会看到他身边的白猫、花猫或者黄猫。它们依偎在老人怀中、膝前，有时索性躺

在床上，静静地陪伴着或是翻阅书报或是伏几写作的主人，也许还在同主人倾心低语。见到客人进屋，就知趣地退出房门，不像冰心老人家中那只猫居然敢于娇憨地跳上书桌，呜呜喵喵地直叫唤，惹得老太太只好爱怜地嗔它一句："你也来凑热闹！"

据夏公女儿沈宁说，夏公对猫非常平等，给它们自由，不干涉它们的行动，尤其在春天。春夜猫儿们在屋顶上闹个不停，他家的猫自然也参加了，而且通宵不归。第二天夏公会轻声对猫说："你们昨天晚上是开会吗？开得这么晚。""你们是在屋顶上开舞会吧？那么大的声音。"那关心而又含蓄的神情，绝似开明家长对待儿女们的恋爱活动。

朋友们常给他送猫去，特别是品种好的；我却一窍不通，纯粹是一个"猫盲"。有一年得到一本大挂历，每一张都是一只猫，就立即送到老人处，虽不是活的猫，但形象都十分可爱，老人果然笑纳，悬在壁上，朝夕相对。

三十年前，他养了一只黄猫，取名博博。"文革"乱起，夏公失去自由，被羁囚八年，博博失去老主人后就四处流浪，不愿回到那凄凉破碎的家，家里人也没有心思去寻找。直到一九七五年夏天，夏公从秦城监狱释放回家，博博不知从何处得到信息，或者竟是某种心灵感应，忽然间悠悠地回来了，也不知它那几年是怎么活过来的。它径直走到老主人身边，绕了几圈，叫了几声，像是问安，又像是诉苦，而实在却是告别。然后，悄悄地蜷伏到墙角，第二天就安静地停止了呼吸。全家人睹此情况，感伤莫名，老人更是唏嘘不已。听到这个故事的人，都不禁悚然心悸。这只通人性有灵气的老黄猫，同那些绝灭人性的上起林彪、江青之流，下至一般暴徒打手的"文革"好汉们相比，不知伟大崇高多少倍！

从此夏公再不养别的颜色的猫，只养黄猫。

向夏公告别之日，灵堂内外挂满挽联挽诗，寄托崇敬和哀思。其中有一副为中国保护小动物协会所献，不甚显眼，却别有情致：

庭前翠竹千秋节，

膝上黄狸一世情。

夏公到了另一世界时，博博一定早就等在那里。依依膝上，一如既往。

# 猫

靳以

猫好像在活过来的时日中占了很大的一部，虽然现在一只也不再在我的身边厮扰。

当着我才进了中学，就得着了那第一只。那是从一个友人的家中抱来，很费了一番手才送到家中。她是一只黄色的，像虎一样的斑纹，只是生性却十分驯良。那时候她才下生两个月，也像其他的小猫一样欢喜跳闹，却总是被别的欺负的时候居多。友人送我的时候就这样说：

"你不是欢喜猫吗，就抱去这只吧。你看她是多么可怜的样子，怕长不大就会死了。"

我都不能想那时候我是多么高兴，当我坐在车上，装在布袋中的她就放在我的腿上。呵，她是一个活着的小动物，时时会在我的腿上蠕动的。我轻轻地拍着她，她不叫也不闹，只静静地卧在那里，像一个十分懂事的东西。我还记得那是夏天，她的皮毛使我在冒着汗，我也忍耐着。到了家，我放她出来。新的天地吓得她更不敢动，她躲在墙角或是椅后那边哀哀地鸣叫。她不吃食物也不饮水，为了那份样子，几乎我又送她回去。可是过了两天或是三天，一切就都很好了。家中人都喜欢她，除开一个残忍成性的婆子。我的姐姐更爱她，每餐都是由她来照顾。

到了长成的时节，她就成为更沉默更温和的了。她从来也不曾抓伤过人，也不到厨房里偷一片鱼。她欢喜蹲在窗台上，眯着眼睛，像哲学家一样地沉思着。那时候阳光正照了她，她还要安详地用前爪在脸上抹一次又一次的。家中人会说：

"链哥儿抱来的猫，也是那样老实呵！"

到后她的子孙们却是有各样的性格。一大半送了亲友，留在家中的也看得出贤与不肖。有的竟和母亲争斗，正像一个浪子或是泼女。

她自己活得很长远，几次以为是不能再活下去了，她还能勉强地活过来，终于一双耳朵不知道为什么枯萎下去。她的脚步更迟钝了，有时鸣叫的声音都微弱得不可闻了。

她活了十几年，当着祖母故去的时候，已经入殓，还停在家中；她就躺在棺木的下面死去。想着是在夜间死去的，因为早晨发觉的时候她已经僵硬了。

住到X城的时节，我和友人B君共住了一个院子。那个城是古老而沉静的，到处都是树，清寂幽闭。因为是两个单身男子，我们的住处也正像那个城。秋天是如此，春天也是如此。墙壁粉了灰色，每到了下午便显得十分黯淡。可是不知道从哪里却跳来了一只猫，她是在我们一天

晚间回来的时候发现的。我们开了灯，她正端坐在沙发的上面，看到光亮和人，一下就不知道溜到哪里去了。

我们同时都为她那美丽的毛色打动了，她的身上有着各样的颜色，她的身上包满了茸茸的长绒。我们找寻着，在书架的下面找到了。她用惊疑的眼睛望着我们，我们即刻吩咐仆人，为她弄好了肝和饭，我们故意不去看她，她就悄悄地就食去了。

从此在我们的家中，她也算是一个。

养了两个多月，在一天的清早，不知逃到哪里去了。她仍是从风门的窗格里钻出去（因为她，我们一直没有完整的纸糊在上面），到午饭时不见回来。我们想着下半天，想着晚饭的时候，可是她一直就不曾回来。

那时候，虽然少了一只小小的猫，住的地方就显得阔大寂寥起来了。当着她在我们这里的时候，那些冷清的角落，都为她跑着跳着填满了；为我们遗忘了的纸物，都由她有趣地抓了出来。一时她会跑上座灯的架上，一时她又跳上了书橱。可是她把花盆架上的一盆迎春拉到地上，碎了花盆的事也有过。记得自己真就以为她是一个有性灵的生物，申斥她，轻轻地打着她；她也就畏缩地躲在一旁，像是充分地明白了自己的过错似的。

平时最使她感觉到兴趣的事，怕就是钻进抽屉中的小睡。只要是拉开了，她就安详地走进去，于是就故意又为她关上了。过些时再拉开来，她也许还未曾醒呢！有的时候是醒了，静静地卧着，看到了外面的天地，就站起来，拱着背缓缓地伸着懒腰。她会跳上了桌子，如果是晚间，她就分去了桌灯给我的光，往返地踱着，她的影子晃来晃去的，却充满了我那狭小的天地，使我也有着热闹的感觉。突然她会为一件小小的物件吸引住了，以前爪轻轻地拨着，惊奇地注视着被转动的物件，就退回了身子，伏在那里，还是一小步一小步地退缩着——终于是猛地向前一蹿，那物件落在地上，她也随着跳下去。

我们有时候也用绒绳来逗引，看着她轻巧而窈窕地跳着。时常想到的就是"摘花赌身轻"的句子。

她的逃失呢，好像是早就想到了的。不是因为从窗里望着外面，看到其他的猫从墙头跳上跳下，她就起始也跑到外面去吗？原是不知何所来，就该是不知何所去。只是顿然少去了那么一只跑着跳着的生物，所住的地方就感到更大的空洞了。想着这样的情绪也许并不是持久的，过些天或者就可以忘情了。只是当着春天的风吹着门窗的纸，就自然地把眼睛望着她日常出入的那个窗格，还以为她又从外面钻了回来。

"走了也好，终不过是不足恃的小人呵！"

这样地想了，我们的心就像是十分安然而愉快了。

过了四个月，B君走了，那个家就留给我一个人。如果一直是冷清下来，对于那样的子我也许能习惯了；却是日愈空寂的房子，无法使我安心地守下去。但是我也只有忍耐之一途。既不能在众人的处所中感到兴趣，除开面壁枯坐还有其他的方法吗？

一天，偶然地在市集中售卖猫狗的那一部，遇到一个老妇人和一个四五岁的女孩。她问我要不要买一只猫。我就停下来，预备看一下再说。她放下在手中的竹篮，解开盖在上面的一张布，就看到一只生了黄黑斑的白猫，正自躺在那里。在她的身下看到了两只才生下不久的小

猫。一只是黑的，毛的尖梢却是雪白；那一只是白的，头部生了灰灰的斑。她和我说因为要离开这里，就不得不卖了。她和我要了极合理的价钱，我答应了，付过钱，就径自去买一个竹筐来。当着我把猫放到我的筐子里，那个孩子就大声哭起来。她舍不得她的宝贝。她丢下老妇人塞到她手中的钱。那个老妇人虽是爱着孩子，却好像钱对她真有一点用，就一面哄着一面催促着我快些离开。

叫了一辆车，放上竹筐，我就回去了。留在后面的是那个孩子的哭声。

诚然如那个老妇人所说，她们是到了天堂。最初几天那两只小猫还没有张开眼，从早到晚只是咪咪地叫着。我用烂饭和牛乳喂它们，到张开了眼的时候，我才又看到那个长了灰色斑的两个眼睛是不同的；一个是黄色，一个是蓝色。

大小三只猫，也尽够我自己忙的了（不止我自己，还有那个仆人）。大的一只时常要跑出去，小的就不断地叫着。她们时常在我的脚边缠绕，一不小心就被踏上一脚或是踢翻个身。她们横着身子跑，因为把米粒粘到脚上，跑着的时候就答答地响着，像生了铁蹄。她们欢喜坐在门限上望着外面，见到后院的那条狗走过，她们就咻咻地叫着，毛都竖起来，急速地跳进房里。

为了她们，每次晚间回来都不敢提起脚步来走，只是溜着，开了灯，就看到她们偎依着在椅上酣睡。

渐渐地她们能爬到我的身上来了，还爬到我的肩头，她们就像到了险境，鸣叫着，一直要我用手把她们再捧下来。

这两只猫仔，引起了许多友人的怜爱，一个过路友人离开了这个城还在信中殷殷地问到。她说过要有那么一天，把这两只猫拿走的。但是为了病着的母亲的寂寞，我就把她们带到了××。

我先把她们的母亲送给了别人，我忘记了她们离开母亲会成为多么可怜的小动物。她们叫着。不给一刻的宁静，就是食物也不大能引着她们安下去。她们东找找西找找，然后就失望地朝了我。好像告诉我她们是丢失了母亲，也要我告诉她们：母亲到了哪里？两天都是这样，我都想再把那只大猫要回来了。后来友人告诉我说是那个母亲也叫了几天，终于上了房，不知到哪里去了。

因为要搭乘火车的，我就在行前的一日把她们装到竹篮里。她们就叫，吵得我一夜也不能睡，我想着这将是一桩麻烦的事，依照路章是不能携带猫或狗的。

早晨，我放出她们喂，吃得饱饱的（那时候她们已经消灭了失去母亲的悲哀），又装进竹篮里。她们就不再叫了。一直由我把她们安然地带回我的母亲的身边。

母亲的病在那时已经是很重了，可是她还是勉强地和我说笑。她爱那两只猫。她们也是立刻跳到她的身前。我十分怕看和母亲相见相别时的泪眼，这一次有这两个小东西岔开了母亲的伤心。

不久，她们就成为一种累赘了。当着母亲安睡的时候，她们也许咪咪地叫起来。当着母亲为病痛所苦的时候，她们也许要爬到她的身上。在这情形之下，我只能把她们交付仆人，由仆人带到他自己的房中去豢养。

　　母亲的病使我忘记了一切的事，母亲故去了许久我才问着仆人那两只猫是否还活下来。

　　仆人告诉我她们还活着的，因为一时的疏忽，她们的后腿冻跛了。可是渐渐地好起来，也长大了，只是不大像从前那样洁净。

　　我只是应着，并没有要他把她们拿给我，因为被母亲生前所钟爱，她们已经成为我自己悲哀的种子了。

# 猫

老舍

　　猫的性格实在有些古怪。说它老实吧，它的确有时候很乖。它会找个暖和地方，成天睡大觉，无忧无虑，什么事也不过问。可是，赶到它决定要出去玩玩，就会走出一天一夜，任凭谁怎么呼唤，它也不肯回来。说它贪玩吧，的确是呀，要不怎么会一天一夜不回家呢？可是，及至它听到点老鼠的响动啊，它又多么尽职，闭息凝视，一连就是几个钟头，非把老鼠等出来不拉倒！

　　它要是高兴，能比谁都温柔可亲：用身子蹭你的腿，把脖儿伸出来要求给抓痒，或是在你写稿子的时候，跳上桌来，在纸上踩印几朵小梅花。它还会丰富多腔地叫唤，长短不同，粗细各异，变化多端，力避单调。在不叫的时候，它还会咕噜咕噜地给自己解闷。这可都凭它的高兴。它若是不高兴啊，无论谁说多少好话，它一声也不出，连半个小梅花也不肯印在稿纸上！它倔强得很！

是，猫的确是倔强。看吧，大马戏团里什么狮子、老虎、大象、狗熊、甚至于笨驴，都能表演一些玩意儿，可是谁见过耍猫呢？（昨天才听说：苏联的某马戏团里确有耍猫的，我当然还没亲眼见过。）

这种小动物确是古怪。不管你多么善待它，它也不肯跟着你上街去逛逛。它什么都怕，总想藏起来。可是它又那么勇猛，不要说见着小虫和老鼠，就是遇上蛇也敢斗一斗。它的嘴往往被蜂儿或蝎子蜇的肿起来。

赶到猫儿们一讲起恋爱来，那就闹得一条街的人们都不能安睡。它们的叫声是那么尖锐刺耳，使人觉得世界上若是没有猫啊，一定会更平静一些。

可是，及至女猫生下两三个棉花团似的小猫啊，你又不恨它了。它是那么尽责地看护儿女，连上房兜兜风也不肯去了。

郎猫可不那么负责，它丝毫不关心儿女。它或睡大觉，或上屋去乱叫，有机会就和邻居们打一架，身上的毛儿滚成了毡，满脸横七竖八都是伤痕，看起来实在不大体面。好在它没有照镜子的习惯，依然昂首阔步，大喊大叫，它匆忙地吃两口东西，就又去挑战开打。有时候，它两天两夜不回家，可是当你以为它可能已经远走高飞了，它却瘸着腿大败而归，直入厨房要东西吃。

过了满月的小猫们真是可爱，腿脚还不甚稳，可是已经学会淘气。妈妈的尾巴，一根鸡毛，都是它们的好玩具，耍上没结没完。一玩起来，它们不知要摔多少跟头，但是跌倒即马上起来，再跑再跌。它们的头撞在门上，桌腿上，和彼此的头上。撞疼了也不哭。

它们的胆子越来越大，逐渐开辟新的游戏场所。它们到院子里来了。院中的花草可遭了殃。它们在花盆里摔跤，抱着花枝打秋千，所过之处，枝折花落。你不肯责打它们，它们是那么生气勃勃，天真可爱呀。可是，你也爱花。这个矛盾就不易处理。

现在，还有新的问题呢：老鼠已差不多都被消灭了，猫还有什么用处呢？而且，猫既吃不着老鼠，就会想办法去偷捉鸡雏或小鸭什么的开开斋。这难道不是问题吗？

在我的朋友里颇有些位爱猫的。不知他们注意到这些问题没有？记得二十年前在重庆住着的时候，那里的猫很珍贵，须花钱去买。在当时，那里的老鼠是那么猖狂，小猫反倒须放在笼子里养着，以免被老鼠吃掉。据说，目前在重庆已很不容易见到老鼠。那么，那里的猫呢？是不是已经不放在笼子里，还是根本不养猫了呢？这须打听一下，以备参考。

也记得三十年前，在一艘法国轮船上，我吃过一次猫肉。事前，我并不知道那是什么肉，因为不识法文，看不懂菜单。猫肉并不难吃，虽不甚香美，可也没什么怪味道。是不是该把猫都送往法国轮船上去呢？我很难做出决定。

猫的地位的确降低了，而且发生了些小问题。可是，我并不为猫的命运多担什么心思。想想看吧，要不是灭鼠运动得到了很大的成功，消除了巨害，猫的威风怎会减少了呢？两相比较，灭鼠比爱猫更重要得多，不是吗？我想，世界上总会有那么一天，一切都机械化了，不是连驴马也会有点问题吗？可是，谁能因担忧驴马没有事做而放弃了机械化呢？

# 笨猫风波

琦君

与定居美国的友人分别两年多，重新见了面，彼此都话如泉涌。谈到后来，话题转到了猫。

"那年记得你说过，一回到台北的家，就要养一只猫，养了没有？"她问我。

"没有，"我叹息地说，"想来想去，还是不愿再多一份感情的债。宁可在寂寞时逗逗后院'高来高去'的墙头猫，尽管它们吃饱了就掉头而去，在肚子饿的时候，总算还把我当个朋友。"

"那都是聪明猫，能高来高上，也能低来低去。而我养的却是一只笨猫，真是奇笨无比。"

"猫本来就是非常自我中心的，它不高兴理你的时候就不理你，并不是笨。"

"不，它是真的笨，笨到每回爬到树上就下不来。你见过一只又壮

又大的猫在树上下不来的吗？可是它那一身的毛却真是漂亮之至。头顶
与背上乌黑，鼻尖与下巴以及肚子以下雪白，四条腿是黑的，爪子却又
是白的，兼有乌云盖雪与踏雪寻梅两种名谱。那副睥睨一切的高贵神情
也真叫人'敬爱'，因此对于它爬树所带来的困扰，也只好认了。"

下面是她所讲的一场笨猫风波：

我的猫最爱爬树，爬上去抓鸟，抓松鼠。累了就伏在树上扯着长声
叫，非要我们用桌椅搭了或用梯子爬上去把它抱下来不可。

去年冬天有一次，它越爬越高，一直爬到树顶上，它怕了，在上面
狂叫。可是树这么高，连梯子都够不到。孩子在下面直跳脚，要我们快
快想办法救它下来。手忙脚乱中，想到只有修理电线的工人，会爬高高
的电线杆子，一定可以帮个忙。可是他们在电话里很抱歉地说："我们
的工作是修理电线，对爬树抓猫没有经验，你们何不问问救火队呢？他
们有云梯呀！"对，找救火队，云梯救猫，轻而易举，无妨杀鸡用牛刀
一番。我们充满了希望地向救火队求援。他们起先是吃惊，继之是细心
地向我们解释："我们很同情你们胆小如鼠的猫，可是没办法做这件事。
因为救火队员的保险只限于因救人或扑灭大火所受的伤。如果因救你们
的猫，从树上掉下来受了伤，保险公司是不负赔偿之责的哟！"

没办法强人之所难。左思右想，打个电话给警察局试试吧！警察
先生大笑说："我的天，你们真把你们的宝贝猫给宠坏了。就狠下心让
它叫吧。饿得受不了时，它自然会下来的。我还没听说过，一只活蹦乱
跳的猫，会饿死在树上的呢！何况猫又不是老虎，没有危害到社区的安

全，也没有扰乱左邻右舍的安宁，我们没法管这档子事呀！"

话说得振振有词，我却有点生气了。当然不能怪警察先生，气的是不该养这么一只胆小的猫。焦急的孩子想起了动物保护会，这确是个好主意。电话打去时，对方的声音充满了关怀与同情："这只猫真是好可怜，天气这么冷，它怎么受得了？你要求帮忙的几个机构太不应该这般的冷漠了。"

"你们能帮忙吗？"

"啊，真是抱歉，我们没有这方面的专业人员，也没有工具。因为猫爬上树顶下不来的情形，以前还从来没有发生过呢！对了，我建议你们招待记者，或是打电话给电视公司。就说救火队和警察局都缺少同情心，不讲人道主义，对于动物见死不救……"

话没说完，我们就谢了他，把话筒挂上了。用得着这样小题大做，为一只不争气的猫惊动社会大众吗？

风雪交加起来，树顶的猫，叫声愈来愈凄凉、愈来愈微弱。它的小主人——我们的孩子站在风雪中哭，怎么办呢？

丈夫忽然灵机一动说："有了，找附近的砍树工人。"

"砍树的！为了猫，你要把树砍倒？"

"你说还有其他什么妙计？"他神秘地笑笑。

"喂，我家院子里一株大树要砍掉，你能来帮忙吗？愈快愈好。"电话接通了，丈夫直截了当地说。

"在这样的大风雪天，你们要砍树？你们有什么不对劲吗？"难怪别人吃惊。

"是的，非砍不可，请你带了工具马上来吧！"

砍树工人来了。他仰头看看这株姿态壮美的树，怀疑地问："真要砍掉？"

"唔，你听见树顶上猫叫的声音了吗？它快要冻死了，却不敢下来。救火队员和警察先生都无能为力，所以只有请你把树砍倒，救下我们的猫。"

"我懂了。"他笑容满面，快速地用粗绳在腰间绑妥，三下两下就爬上树顶，抱起猫，一个纵身，就像人猿泰山似的飞跃到地面，把猫送到孩子手中。孩子早已为它准备好丰盛的餐点，鱼、牛奶、蛋糕，应有尽有。猫在他怀中打了一阵哆嗦，惊魂已定之后，就跳下地来大吃起来，边吃边发出呼噜呼噜的声音，带一点满足，也带一点怒意，好像在责怪我们："真笨，这样简单的法子，怎么早都想不出来，还兴师动众地到处求人，害我饥寒交迫。"

它吃饱了，就一声不响回到温暖的窝里，蜷起身子睡大觉。这下它可得好好休息一下。它并没有用舌头舔舔孩子的手表示感谢，对我们为它花尽心思，更是无动于衷。丈夫敲了下头说：

"你真是世界上最笨最笨的猫。"

砍树工人解开腰间的绳子，伸手摸摸我们的笨猫，显出完成一件大事的欣慰。我万分感激地问他要多少报酬。他摸摸头，想了一下，笑嘻嘻地说："这就很难说了。你叫我来是砍树，而树并没有砍呀！我倒是还没做过这样轻松而有趣的工作。"他拍了下我孩子的肩膀，洒脱地说："算我这个邻居帮小弟弟一个大忙，让我进屋子喝杯好酒，去去寒气就可以了。"

临走时，他回头看了下猫，说："它胆小而没有后顾之忧，难保不再爬上树顶。如果有一天你们为它的多次冒险不胜其烦，非砍树不可时，再照顾我生意吧！"

风趣的友人讲完这段生动的故事，使我多年来的爱猫之心大打折扣，想想这只猫并不是笨，而是百分之百的依赖，却又百分之百的唯我独尊，不懂得人们对它的关爱。

我不由得想起国内有许多青年所组织的登山冒险队。大风雪中迷失了方向，久久没有下落，急煞了家人亲友，搜索队征骑四出地找寻，幸运地找到了，得以平安归来，家人亲友，连社会关怀人士都为他们额手称庆。在电视访问时，他们成了胜利归来的英雄，壮志满怀愉快地对记者说："我们很镇定，很有信心，本来就知道一定可以平安回来的。"似乎所有人的担忧，都是不必要的。

猫究竟是猫，是不是能镇定和自信，不得而知。高等动物的人，在某种情况之下，总不能只靠镇定与自信心。没有别人的救助，能出奇迹吗？

# 阿咪

丰子恺

阿咪者，小白猫也。十五年前我曾为大白猫"白象"写文。白象死后又曾养一黄猫，并未为它写文。最近来了这阿咪，似觉非写不可了。盖在黄猫时代我早有所感，想再度替猫写照。但念此种文章，无益于世道人心，不写也罢。黄猫短命而死之后，写文之念遂消。直至最近，友人送了我这阿咪，此念复萌，不可遏止。率尔命笔，也顾不得世道人心了。

阿咪之父是中国猫，之母是外国猫。故阿咪毛甚长，有似兔子。想是秉承母教之故，态度异常活泼，除睡觉外，竟无片刻静止。地上倘有一物，便是它的游戏伴侣，百玩不厌。人倘理睬它一下，它就用姿态动作代替言语，和你大打交道。此时你即使有要事在身，也只得暂时撇开，与它应酬一下；即使有懊恼在心，也自会忘怀一切，笑逐颜开。哭的孩子看见了阿咪，会破涕为笑呢。

　　我家平日只有四个大人和半个小孩。半个小孩者，便是我女儿的干女儿，住在隔壁，每星期三天宿在家里，四天宿在这里，但白天总是上学。因此，我家白昼往往岑寂，写作的埋头写作，做家务的专心家务，肃静无声，有时竟像修道院。自从来了阿咪，家中忽然热闹了。厨房里常有保姆的话声或骂声，其对象便是阿咪。室中常有陌生的笑谈声，是送信人或邮递员在欣赏阿咪。来客之中，送信人及邮递员最是枯燥，往往交了信件就走，绝少开口谈话。自从家里有了阿咪，这些客人亲昵得多了。常常因猫而问长问短，有说有笑，送出了信件还是流连不忍遽去。

　　访客之中，有的也很枯燥无味。他们是为公事或私事或礼貌而来的，谈话有的规矩严肃，有的啰唆疙瘩，有的虚空无聊，谈完了天气之后只得默守冷场。然而自从来了阿咪，我们的谈话有了插曲，有了调节，主客都舒畅了。有一个为正经而来的客人，正在侃侃而谈之时，看见阿咪姗姗而来，注意力便被吸引，不能再谈下去，甚至我问他也不回答了。又有一个客人向我叙述一件颇伤脑筋之事，谈话冗长曲折，连听者也很吃力。谈至中途，阿咪蹦跳而来，无端地仰卧在我面前了。这客人正在愤慨之际，忽然转怒为喜，停止发言，赞道："这猫很有趣！"便欣赏它，抚弄它，获得了片时的休息与调节。有一个客人带了个孩子来。我们谈话，孩子不感兴味，在旁枯坐。我家此时没有小主人可陪小客人，我正抱歉，忽然阿咪从沙发下钻出，抱住了我的脚。于是大小客人共同欣赏阿咪，三人就团结一气了。后来我应酬大客人，阿咪替我招待小客人，我这主人就放心了。原来小朋友最爱猫，和它厮伴半天，也不厌倦；甚至被它抓出了血也情愿。因为他们有一共通性：活泼好动。女孩子更喜欢猫，逗它玩它，抱它喂它，劳而不怨。因为她们也有个共通性：娇痴亲昵。

写到这里，我回想起已故的黄猫来了。这猫名叫"猫伯伯"。在我们故乡，伯伯不一定是尊称。我们称鬼为"鬼伯伯"，称贼为"贼伯伯"，故猫也不妨称为"猫伯伯"。大约对于特殊而引人注目的人物，都可讥讽地称之为伯伯。这猫的确是特殊而引人注目的。我的女儿最喜欢它。有时她正在写稿，忽然猫伯伯跳上书桌来，面对着她，端端正正地坐在稿纸上了。她不忍驱逐，就放下了笔，和它玩耍一会。有时它竟盘拢身体，就在稿纸上睡觉了，身体仿佛一堆牛粪，正好装满了一张稿纸。有一天，来了一位难得光临的贵客。我正襟危坐，专心应对。"久仰久仰"，"岂敢岂敢"，有似演剧。忽然猫伯伯跳上矮桌来，嗅嗅贵客的衣袖。我觉得太唐突，想赶走它。贵客却抚它的背，极口称赞："这猫真好！"话头转向了猫，紧张的演剧就变成了和乐的闲谈。后来我把猫伯伯抱开，放在地上，希望它去了，好让我们演完这一幕。岂知过得不久，忽然猫伯伯跳到沙发背后，迅速地爬上贵客的背脊，端端正正地坐在他的后颈上了！这贵客身体魁梧奇伟，背脊颇有些驼，坐着喝茶时，猫伯伯看来是个小山坡，爬上去很不吃力。此时我但见贵客的天官赐福的面孔上方，露出一个威风凛凛的猫头，画出来真好看呢！我以主人口气呵斥猫伯伯的无礼，一面起身捉猫。但贵客摇手阻止，把头低下，使山坡平坦些，让猫伯伯坐得舒服。如此甚好，我也何必做煞风景的主人呢？于是主客关系亲密起来，交情深入了一步。

　　可知猫是男女老幼一切人民大家喜爱的动物。猫的可爱，可说是群众意见。而实际上，如上所述，猫的确能化岑寂为热闹，变枯燥为生趣，转懊恼为欢笑，能助人亲善，教人团结。即使不捕老鼠，也有功于人生。那么我今为猫写照，恐是无可厚非之事吧？猫伯伯行年四岁，短命而死。这阿咪青春尚只三个月。希望它长寿健康，像我老家的老猫一样，活到十八岁。这老猫是我父亲的爱物。父亲晚酌时，它总是端坐在酒壶边。父亲常常摘些豆腐干喂它。六十年前之事，今犹历历在目呢。

# 家有丑猫

琦君

　　我现在正伏案工作，"妹妹"就睡在书桌左角——我特地为它安置的小篮子里。台灯温暖的光晕笼罩着它。它睡得好甜好甜，无限的依赖，无限的信任。我也有一份被依赖被信任的满足感，专心工作。"妹妹"的芳名叫凯蒂，凯蒂不是我的小女儿，乃是被我宠坏了的一只小丑猫。

　　是那个阴寒雨湿的冬夜，我于朦胧中听到一声接一声"咪呜咪呜"的悲鸣，清晰而微弱。"又是谁家扔了一只小猫。"我心里忖着，"这样冷的天气，不到天亮它就会冻死了。"我愈听愈不能入梦，终于蹑手蹑脚地起床，生怕外子阻止，拿了手电筒，悄悄地开门到公寓大门寻找。果然发现一团黑黑的小东西在沟中蠕动，那一副惊惶觳觫的可怜相，顿时使我永不再养猫的决心起了动摇。暂时收留它，等它长大一点再说吧，总不能见死不救啊！如此天人交战一番，就把它抱上楼来。我拿出

那套救猫的本领，把它浑身的雨水擦干，撒上消毒粉。用硼酸药棉擦去它封闭双眼的眼屎，滴上眼药，然后用棉花蘸了牛奶喂它，它就吱答吱答的吸得好有劲。吃饱以后就蜷伏在垫了毛巾的鞋盒子里，咕咕咕地念起经来，表示一份满足和信赖。它似乎已有把握，今后不再受冻挨饿了。我立刻问自己，能长久饲养它吗？公寓房屋的天地有限，长大以后，怎么办呢？过去许多不愉快的经验，记忆犹新，实在不应再自寻烦恼了。可是眼前这一团小小的生命，一接触到我的手掌心，就无法再不管了。外子于次晨便提出严重警告，只许喂养到它能吃饭时就把它送走，他说："你必须理智一点，别忘了过去种种的辛苦！"男人的确比较理智。说实在话，它比我过去养过所有的猫都丑。一身稀稀疏疏的黑毛，大耳朵、尖下巴、细长腿，没有丝毫逗人爱的地方，我也丝毫不爱它。这倒好，只等它能自立谋生，就可毫无依恋地把它送走。

我过去的猫，除了小雪球，都叫凯蒂，自然它也暂时承袭这一个名字。它既然是女的，就喊她"妹妹"。这一喊，彼此间的感情立刻又增进了一层。只要叫一声"妹妹"，它就一边嘴里咕哝咕哝的，一边蹦跳过来，舔我、蹭我。真没想到这丑八怪如此解人意。日子飞快地过去，她已经能吃饭了。我是否应当遵守诺言，把它送走呢？可是送到哪儿去呢？远远地丢到荒山野地，让它举目无亲地再做野猫吗？我怎忍如此的为德不卒？

总之，我已有充分的理由继续饲养它，尽管它愈大愈野，它比以往任何一只凯蒂都没规矩。我吃东西时，它一直爬到肩膀上来，湿漉漉的鼻子几乎碰到我的嘴。吼它一下，几秒钟又上来了。厨房里煎好香喷喷的鱼，一不小心，就整条供它享受。过年时，香肠、鳗鱼，它都先尝了。她嘴又刁，光是鱼拌饭她还没兴趣，非得焖过，焖得香香的她才边赞美边吃。她缠我不理时，就故意东跳西跳，打翻了杯子，碰倒了花瓶，砸碎了我心爱的小玩意。我打它，它就横起身子蹦跳，弓起背，背上的毛竖立起来像马鬃，冲着我，虎视眈眈。几曾见过这样野性的女猫。我曾电话请教家畜医生，据说动物在成长期中也有反抗心理。这叫我啼笑皆非。我已深为所谓的代沟所苦，难道我养的猫，也要对我闹一下代沟吗？外子慢条斯理地说："我看你真是前世该了猫的。"他说得一点不错，真是前世该了它们的，今生照顾它们，劳而无怨。对一切我都作如是观。遇到万分不如意事时，就会默默地对自己说："若问前世因，今生受者是。"我也真感谢外子对猫的容忍，他深深体谅我对过去那些未得善终的猫一分赎罪的心情。每当凯蒂捣蛋时，他并不责骂，却以幽默的口吻，把它当人似的责备一番。比如在吃饭时，凯蒂偏偏爱跳在他膝盖上闻鱼香，他就说："你怎么这样没眼力劲儿，你知不知道我有多讨厌你？"他靠在沙发上看报，凯蒂常挤在他边上，他就问它："喂，你算老几呀？居然和我平起平坐。你也没算算自己的八字，真是丑猫多作怪。"

　　要算八字的话，它真有个好八字。在风雨之夜，被我捡回来，应该是"丑猫带福相"。据说黑猫必须要有特征，说得出名堂的，才是好品种。比如四只脚爪白的叫作踏雪寻梅，尾巴尖儿有一点白的叫作垂珠，嘴巴上一点白的叫作含珠，肚子底下一片白的叫作乌云盖雪，而我丑陋的凯蒂妹妹，却什么都不是。可是尽管她上不了谱，却有一分特殊的灵

性，那就是每天中午晚间外子下班回家时，它等门和欢迎的热烈，这却是过去任何一只猫所没有的。每到中午十二时一刻，公寓大门的钥匙一响，它无论是在吃饭或酣睡，一定直奔房门口，毕恭毕敬地坐着等他开门进来，然后翻身一个"驴打滚"，等他俯身抚摸它一番，这才起来。这一幕情景实在感人。于是我也每天习惯地等待这奇妙的一刻之来临，欣赏凯蒂的表演，也享受一番"天伦之乐"。我们这幢公寓一共住了八家，家家都有钥匙，家家都有好多人进出和上下楼，她怎么就能分辨得出来，哪一种钥匙的叮叮之音、哪一种脚步的踏踏之声是属于它主人的呢？单是这一点，它已深深博得外子的欢心，如今他再也不忍心提扔掉它的话了。我也知道他是体谅我一个人在家时的寂寞。人过了中年，就有一分无名的寂寞感。尽管身子怎么忙，此心总是闲闲的、空空的。孩子长大了，离我远去，即使偶然回来，也是相对无言。有时，他会捧起猫来说："妹妹咪咪，喊我一声哥哥。"我默默地看他一眼。是否儿子太孤单，自幼缺少手足之情呢？他又问："妹妹，你吃饱了没有？"凯蒂回答一声："没有（咪呜）。"儿子笑了。我在他十八岁忧郁落寞的笑容里，找回了他童稚的憨态，内心却是一阵惆怅。

真是女大十八变，凯蒂现在不再丑了。她胖得像只小肥猪，可是奔起来又像一匹野马，一身乌黑的毛发，亮得跟缎子似的。她又非常爱惜皮毛，不时浑身地舔，舔得好干净。不知何时开始，在黑毛中竟长出稀疏的几根白毛来，这叫黑里藏针，它也上谱啦。它又随时耳听四面，眼观八方。扑蟑螂，抓壁虎，玩纸球，忙得团团转，累了就挑个最舒适的地方大睡。我们不在家时它就睡，看来它比人类更耐得起寂寞。它从没错过迎接男主人的一刻，却很少接我，也许是我和它太接近了，它不稀罕。也许它知道我宠它，绝不会丢掉它的。难道动物也这般现实势利吗？

有人说，黑猫不吉利，劝我别养。我想人生即使不受命于天，也不会受命于猫。毛色又有什么关系。只要时时怀着一颗爱心，由人类而及动物，岂不是儒家仁民爱物的基本精神，处世做事，将何往而不吉利呢？看许多有钱有闲的人，常以"家有名犬"自豪，我却以"家有丑猫"自足。人总要知足，才会感到快乐。

# 猫

郑振铎

    我家养了好几次的猫，结局总是失踪或死亡。三妹是最喜欢猫的，她常在课后回家时，逗着猫玩。有一次，从隔壁要了一只新生的猫来。花白的毛，很活泼，常如带着泥土的白雪球似的，在廊前太阳光里滚来滚去。三妹常常地，取了一条红带，或一根绳子，在它面前来回地拖摇着，它便扑过来抢，又扑过去抢。我坐在藤椅上看着他们，可以微笑着消耗过一二小时的光阴，那时太阳光暖暖地照着，心上感着生命的新鲜与快乐。后来这只猫不知怎的忽然消瘦了，也不肯吃东西，光泽的毛也污涩了，终日躺在厅上的椅下，不肯出来。三妹想着种种方法逗它，它都不理会。我们都很替它忧郁。三妹特地买了一个很小很小的铜铃，用红绫带穿了，挂在它颈下，但只显得不相称，它只是毫无生意地、懒惰地、郁闷地躺着。有一天中午，我从编译所回来，三妹很难过地说道："哥哥，小猫死了！"

　　我心里也感着一缕的酸辛，可怜这两月来相伴的小侣！当时只得安慰着三妹道："不要紧，我再向别处要一只来给你。"

　　隔了几天，二妹从虹口舅舅家里回来，她道，舅舅那里有三四只小猫，很有趣，正要送给人家。三妹便怂恿着她去拿一只来。礼拜天，母亲回来了，却带了一只浑身黄色的小猫回来。立刻三妹一部分的注意，又被这只黄色小猫吸引去了。这只小猫较第一只更有趣、更活泼。它在园中乱跑，又会爬树，有时蝴蝶安详地飞过时，它也会扑过去捉。它似乎太活泼了，一点也不怕生人，有时由树上跃到墙上，又跑到街上，在那里晒太阳。我们都很为它提心吊胆，一天都要"小猫呢？小猫呢？"地查问得好几次，每次总要寻找了一回，方才寻到。三妹常指它笑着骂道："你这小猫呀，要被乞丐捉去后才不会乱跑呢！"我回家吃中饭，总看见它坐在铁门外边，一见我进门，便飞也似的跑进去了。饭后的娱乐，是看它在爬树。隐身在阳光隐约里的绿叶中，好像在等待着要捕捉什么似的。把它捉了下来，又极快地爬上去了。过了二三个月，它会捉鼠了。有一次，居然捉到一只很肥大的鼠，自此，夜间便不再听见讨厌的吱吱的声了。

　　某一日清晨，我起床来，披了衣下楼，没有看见小猫，在小园里找了一遍，也不见，心里便有些亡失的预警。

　　"三妹，小猫呢？"

　　她慌忙地跑下楼来，答道："我刚才也寻了一遍，没有看见。"

　　家里的人都忙乱地在寻找，但终于不见。

　　李嫂道："我一早起来开门，还见它在厅上。烧饭时，才不见了它。"

大家都不高兴，好像亡失了一个亲爱的同伴，连向来不大喜欢它的李妈也说："可惜，可惜，这样好的一只小猫。"

我心里还有一线希望，以为它偶然跑到远处去，也许会认得归途的。

午饭时，张妈诉说道："刚才遇到隔壁周家的丫头，她说，早上看见我家的小猫在门外，被一个过路的人捉去了。"

于是这个亡失证实了。三妹很不高兴的，咕噜着道："他们看见了，为什么不出来阻止？他们明晓得它是我家的！"

我也怅然地，愤恨地，在诅骂着那个不知名的夺去我们所爱的东西的人。

自此，我家好久不养猫。

冬天的早晨，门口蜷伏着一只很可怜的小猫。毛色是花白，但并不好看，又很瘦。它伏着不去。我们如不取来留养，至少也要为冬寒与饥饿所杀。张妈把它拾了进来，每天给它饭吃。但大家都不大喜欢它，它不活泼，也不像别的小猫之喜欢顽游，好像是具着天生的忧郁性似的，连三妹那样爱猫的，对于它，也不加注意。如此地，过了几个月，它在我家仍是一只若有若无的动物，它渐渐地肥胖了，但仍不活泼。大家在廊前晒太阳闲谈着时，它也常来蜷伏在母亲或三妹的足下。三妹有时也逗着它玩，但没有对于前几只小猫那样感兴趣。有一天，它因夜里冷，钻到火炉底下去，毛被烧脱好几块，更觉得难看了。

春天来了，它成了一只壮猫了，却仍不改它的忧郁性，也不去捉鼠，终日懒惰地伏着，吃得胖胖的。

　　这时，妻买了一对黄色的芙蓉鸟来，挂在廊前，叫得很好听。妻常常叮嘱着张妈换水，加鸟粮，洗刷笼子。那只花白猫对于这一对黄鸟，似乎也特别注意，常常跳在桌上，对鸟笼凝望着。

　　妻道："张妈，留心猫，它会吃鸟呢。"

　　张妈便跑来把猫捉了去。隔一会，它又跳上桌子对鸟笼凝望着了。

　　一天，我下楼时，听见张妈在叫道："鸟死了一只，一条腿被咬去了，笼板上都是血。是什么东西把它咬死的？"

　　我匆匆跑下去看，果然一只鸟是死了，羽毛松散着，好像它曾与它的敌人挣扎了许久。

　　我很愤怒，叫道："一定是猫，一定是猫！"于是立刻便去找它。

　　妻听见了，也匆匆地跑下来，看了死鸟，很难过，便道："不是这猫咬死的还有谁？它常常对鸟笼望着，我早就叫张妈要小心了。张妈！你为什么不小心？！"

　　张妈默默无言，不能有什么话来辩护。

　　于是猫的罪状证实了。大家都去找这可厌的猫，想给它以一顿惩戒。找了半天，却没找到。真是"畏罪潜逃"了，我以为。

　　三妹在楼上叫道："猫在这里了。"

　　它躺在露台板上晒太阳，态度很安详，嘴里好像还在吃着什么。我想，它一定是在吃着这可怜的鸟的腿了，一时怒气冲天，拿起楼门旁倚着的一根木棒，追过去打了一下。它很悲楚地叫了一声"咪呜！"便逃到屋瓦上了。

　　我心里还愤愤的，以为惩戒得还没有快意。

隔了几天，李妈在楼下叫道："猫，猫！又来吃鸟了。"同时我看见一只黑猫飞快地逃过露台，嘴里衔着一只黄鸟。我开始觉得我是错了！

我心里十分的难过，真的，我的良心受伤了，我没有判断明白，便妄下断语，冤苦了一只不能说话辩诉的动物。想到它的无抵抗的逃避，益使我感到我的暴怒，我的虐待，都是针，刺我的良心的针！

我很想补救我的过失，但它是不能说话的，我将怎样地对它表白我的误解呢？

两个月后，我们的猫忽然死在邻家的屋脊上。我对于它的亡失，比以前的两只猫的亡失，更难过得多。

我永无改正我的过失的机会了！

自此，我家永不养猫。

# 父亲的玳瑁

鲁彦

在墙脚跟刷然溜过的那黑猫的影，又触动了我对于父亲的玳瑁的怀念。

净洁的白毛的中间，夹杂些淡黄的云霞似的柔毛，恰如透明的妇人的玳瑁首饰的那种猫儿，是被称为"玳瑁猫"的。我们家里的猫儿正是那一类，父亲就给了它"玳瑁"这个名字。

在近来的这一只玳瑁之前，我们还曾有过另外的一匹。它有着同样的颜色，得到了同样的名字，同是从我姊姊家里带来，一样地为我们所爱。

但那是我不幸的妹妹的玳瑁，它曾经和她盘桓了十二年的岁月。

而现在的这一匹，是属于父亲的。

它什么时候来到我们家里，我不很清楚，据说大约已有三年光景了。父亲给我的信，从来不曾提过它。在他的理智中，仿佛以为玳瑁毕

竟是一匹小小的兽，比不上任何的家事，足以通知我似的。

但当我去年回到家里的时候，我看到了父亲和玳瑁的感情了。

每当厨房的碗筷一搬动，父亲在后房餐桌边坐下的时候，玳瑁便在门外"咪咪"地叫了起来。这叫声是只有两三声，从不多叫的。它仿佛在问父亲，可不可以进来似的。

于是父亲就说了，完全像对什么人说话一样：

"玳瑁，这里来！"

我初到的几天，家里突然增多了四个人，在玳瑁似乎感觉到热闹与生疏的恐惧，常不肯即刻进来。

"来吧，玳瑁！"父亲望着门外，不见它进来，又说了。

但是玳瑁只回答了两声"咪咪"仍在门外徘徊着。

"小孩一样，看见生疏的人，就怕进来了。"父亲笑着对我们说。

但是过了一会，玳瑁在大家的不注意中，已经跃上了父亲的膝上。

"哪，在这里了。"父亲说。

我们弯过头去看，它伏在父亲的膝上，睁着略带惧怯的眼望着我们，仿佛预备逃遁似的。

父亲立刻理会它的感觉，用手抚摩着它的颈背，说："困吧，玳瑁。"一面他又转过来对我们说："不要多看它，它像姑娘一样的呢。"

我们吃着饭，玳瑁从不跳到桌上来，只是静静地伏在父亲的膝上。有时鱼腥的气息引诱了它，它便偶尔伸出半个头来望了一望，又立刻缩了回去。它的脚不肯触着桌。这是它的规矩，父亲告诉我们说，向来是这样的。

父亲吃完饭，站起来的时候，玳瑁便先走出门外去。它知道父亲要到厨房里去给它预备饭了。那是真的，父亲从来不曾忘记过，他自己一吃完饭，便去添饭给玳瑁的。玳瑁的饭每次都有鱼或鱼汤拌着。父亲自己这几年来对于鱼的滋味据说有点厌，但即使自己不吃，他总是每次上街去，给玳瑁带了一些鱼来，而且给它储存着的。

白天，玳瑁常在储藏东西的楼上，不常到楼下的房子里来。但每当父亲有什么事情将要出去的时候，玳瑁像是在楼上看着的样子，便溜到父亲的身边，绕着父亲的脚转了几下，一直跟父亲到门边。父亲回来的时候，它又像是在什么地方远远望着，静静地倾听着的样子，待父亲一跨进门限，它又在父亲的脚边了。它并不时时刻刻跟着父亲，但父亲的一举一动，父亲的进出，它似乎时刻在那里留心着。

晚上，玳瑁睡在父亲的脚后的被上，陪伴着父亲。

我们回家后，父亲换了一个寝室。他现在睡到弄堂门外一间从来没有人去的房子里了。

玳瑁有两夜没有找到父亲，只在原地方走着，叫着。它第一夜跳到父亲的床上，发现睡着的是我们，便立刻跳了出去。

正是很冷的天气。父亲惦念着玳瑁夜里受冷，说它恐怕不会想到他会搬到那样冷落的地方去的，而且晚上弄堂门又关得很早。

但是第三天的夜里，父亲一觉醒来，玳瑁已在床上睡着了，静静地，"咕咕"念着猫经。

半个月后，玳瑁对我也渐渐熟了。它不复躲避我。当它在父亲身边的时候，我伸出手去，轻轻抚摩着它的颈背，它伏着不动。然而它从

不自己走近我。我叫它，它仍不来。就是母亲，她是永久和父亲在一起的，它也不肯走近她。父亲呢，只要叫一声"玳瑁"，甚至咳嗽一声，它便不晓得从什么地方溜出来了，而且绕着父亲的脚。

有两次玳瑁到邻居家去游走，忘记了吃饭。我们大家叫着"玳瑁玳瑁"，东西寻找着，不见它回来。父亲却猜到它哪里去了。他拿着玳瑁的饭碗走出门外，用筷子敲着，只喊了两声"玳瑁"，玳瑁便从很远的邻屋上走来了。

"你的声音像格外不同似的，"母亲对父亲说，"只消叫两声，又不大，它便老远的听见了。"

"是哪，它只听我管的哩。"

对于寂寞地度着残年的老人，玳瑁所给予的是儿子和孙子的安慰，我觉得。

六月四日的早晨，我带着战栗的心重到家里，父亲只躺在床上远远地望了我一下，便疲倦地合上了眼皮。我悲苦地牵着他的手在我的面上抚摩。他的手已经有点生硬，不复像往日柔和地抚摩玳瑁的颈背那么自然。据说在头一天的下午，玳瑁曾经跳上他的身边，悲鸣着，父亲还很自然地抚摩着它亲密地叫着"玳瑁"。而我呢，已经迟了。

从这一天起，玳瑁便不再走进父亲的以及和父亲相连的我们的房子。我们有好几天没有看见玳瑁的影子。我代替了父亲的工作，给玳瑁在厨房里备好鱼拌的饭，敲着碗，叫着"玳瑁"，玳瑁没有回答，也不出来。母亲说，这几天家里人多，闹得很，它该是躲在楼上怕出来的。于是我把饭碗一直送到楼上。然而玳瑁仍没有影子。过了一天，碗里的饭照样地摆在楼上，只饭粒干瘪了一些。

玳瑁正怀着孕，需要好的滋养。一想到这，大家更其焦虑了。

第五天早晨，母亲才发现给玳瑁在厨房预备着的另一只饭碗里的饭略略少了一些。大约它在没有人的夜里走进了厨房。它应该是非常饥饿了，然而仍像吃不下的样子。

一星期后，家里的亲友渐渐少了。玳瑁仍不大肯露面。无论谁叫它，都不答应。偶然在楼梯上溜过的后影，显得憔悴而且瘦削，连那怀着孕的肚子也好像小了一些似的。

一天一天家里愈加冷静了。满屋里主宰着静默的悲哀。一到晚上，人还没有睡，老鼠便吱吱叫着活动起来，甚至我们房间的楼上也在叫着跑着。玳瑁是最会捕鼠的。当去年我们回家的时候，即使它跟着父亲睡在远一点的地方，我们的房间里从没有听见过老鼠的声音。但现在玳瑁就睡在隔壁的楼上，也不过问了。我们毫不埋怨它。我们知道它所以这样的原因。

可怜的玳瑁，它不能再听到那熟识的亲密的声音，不能再得到那慈爱的抚摩，它是在怎样的悲伤呵！

三星期后，我们全家要离开故乡。大家预先就在商量，怎样把玳瑁带出来。但是离开预定的日子前一星期，玳瑁生了小孩了。我们看见它的肚子松瘪着。

怎样可以把它带出来呢？

然而为了玳瑁，我们还是不能不带它出来。我们家里的门将要全锁上。邻居们不会像我们似的爱它，而且大家全吃着素菜，不会舍得买

鱼饲它。单看玳瑁的脾气，连对于母亲也是冷淡淡的，决不会喜欢别的邻居。

我们还是决定带它一道来上海。

它生了几个小孩，什么样子，放在哪里，我们虽然极想知道，却不敢去惊动玳瑁。我们预定在饲玳瑁的时候，先捉到它，然后再寻觅它的小孩。因为这几天来，玳瑁在吃饭的时候，已经不大避人，捉到它应该是容易的。

但是两天后，我们十几岁的外甥遏抑不住他的热情了。不知怎样，玳瑁的孩子们所在的地方先被他很容易地发现了。它们原来就在楼梯门口，一只半掩着的糠箱里。玳瑁和它的小孩们就住在这里，是谁也想不到的。外甥很喜欢，叫大家去看。玳瑁已经溜得远远的在惧怯地望着。

我们想，既然玳瑁已经知道我们发觉了它的小孩的住所，不如便先把它的小孩看守起来，因为这样，也可以引诱玳瑁的来到，否则它会把小孩衔到更没有人晓得的地方去的。

于是我们便做了一个更安适的窠，给它的小孩们，携进了以前父亲的寝室，而且就在父亲的床边。

那里是四个小孩，白的，黑的，黄的，玳瑁的，都还没有睁开眼睛。贴着压着，钻做一团，肥圆的。捉到它们的时候，偶然发出微弱的老鼠似的吱吱的鸣声。

"生了几只呀？"母亲问着。

"四只。"

"嗨，四只！怪不得！扛了你父亲的棺材，不要再扛我的呢！"母亲叹息着，不快活地说。

大家听着这话，愣住了。

"把它们丢出去！"外甥叫着说，但他同时却又喜悦地抚摩着玳瑁的小孩们，舍不得走开。

玳瑁现在在楼上寻觅了，它大声地叫着。

"玳瑁，这里来，在这里。"我们学着父亲仿佛对人说话似的叫着玳瑁说。

但是玳瑁像只懂得父亲的话，不能了解我们说什么。它在楼上寻觅着，在弄堂里寻觅着，在厨房里寻觅着，可不走进以前父亲天天夜里带着它睡觉的房子。我们有时故意作弄它的小孩们，使它们发出微弱的鸣声，玳瑁仍像没有听见似的。

过了一会，玳瑁给我们女工捉住了。它似乎饿了，走到厨房去吃饭，却不防给她一手捉住了颈背的皮。

"快来！快来！捉住了！"她大声叫着。

我扯了早已预备好的绳圈，跑出去。

玳瑁大声地叫着，用力地挣扎着。待至我伸出手去，还没抱住玳瑁，女工的手一松，玳瑁溜走了。

它再不到厨房里去，只在楼上叫着，寻觅着。

几点钟后，我们只得把玳瑁的小孩们送回楼上。它们显然也和玳瑁似的在忍受着饥饿和痛苦。

玳瑁又静默了，不到十分钟，我们已看不见它的小孩们的影子。现在可不必再费气力，谁也不会知道它们的所在。

有一天一夜，玳瑁没有动过厨房里的饭。以后几天，它也只在夜里，待大家睡了以后到厨房里去。

我们还想设法带玳瑁出来，但是母亲说：

"随它去吧，这样有灵性的猫，哪里会不晓得我们要离开这里。要出去自然不会躲开的。你们看它，你们父亲过世以后，再也不忍走进那两间房里，并且几天没有吃饭，明明在非常的伤心。现在怕是还想在这里陪伴你们父亲的灵魂呢。它原是你父亲的。"

我们只好随玳瑁自己了。它显然比我们还舍不得父亲，舍不得父亲所住过的房子，走过的路以及手所抚摸过的一切。父亲的声音，父亲的形象，父亲的气息，应该都还很深刻地萦绕在它的脑中。

可怜的玳瑁，它比我们还爱父亲！

然而玳瑁也太凄惨了。以后还有谁再像父亲似的按时给它好的食物，而且慈爱地抚摩着它，像对人说话似的一声声地叫它呢？

离家的那天早晨，母亲曾给它留下了许多给孩子吃的稀饭在厨房里。门虽然锁着，玳瑁应该仍然晓得走进去。邻居们也曾答应代我们给它饲料。然而又怎能和父亲在的时候相比呢？

现在距我们离家的时候又已一月多了。玳瑁应该很健康着，它的小孩们也该是很活泼可爱了吧？

我希望能再见到和父亲的灵魂永久同在着的玳瑁。

# 猫

宋云彬

我平生最喜欢猫。可是在上海住了五六年，一向做"三房客"，住的不是前楼就是厢房，事实上不容许我养猫。"一·二八"以前，我住在闸北，"二房东"养了一头肥大的黑猫，面庞圆圆的，十分可爱。我常常把牛奶、牛肉等给它吃，它很恋恋于我。冬天夜长，我写作往往要过一两点钟，它总是睡在我身边，鼻子里呼呼作声，有时候懒洋洋地醒来，伸着脚，弓着背，轻轻地叫出一声"鸟乎"，好像在警告我时候已经不早了。二房东家小孩子很多，常常捉住它玩耍，它受了小孩子们的欺侮，便一溜烟逃到我厢房里，把头在我的脚上摩擦，嘴里不住"鸟乎鸟乎"地叫，我知道它受了委屈，总是好好地抚摸它一回。有一次，它大概太高兴了，把我一本暖红室刻的《牡丹亭》抓破，妻打了它几下，赶它出厢房去，我却劝妻不要动气，因为它实在不懂得什么"名著""珍本"，偶尔高兴玩玩，也是兽情之常。可是它经此一番惩戒，竟

负气不到厢房里来，最后还是我硬把它捉了进来，拿大块的猪肝请它吃，好好地抚摸它一回，它才照常到厢房里来走动。

"一·二八"那天，我们于午后四点钟才匆匆地离开闸北。那时候二房东已全家搬走，我临走仓皇，竟没有记到它，事后很懊悔。同乡去住了两个月，天天关心战事消息，一时也把它忘了。后来接到上海朋友来信，说战事已停，有人到闸北去看过，我住的那条里，房子烧去了一半，但我住的那所房子却没有烧掉，也许书籍等还有存留着。我接到信就来上海，设法领得"通行证"，雇了两部"塌车"、几部"黄包车"，预备去搬东西。到了那里，果然我住的房子没有烧去，走上扶梯一看，几个书橱还是照常摆着，书也似乎没有经人翻动过，只有写字桌上放着几本比较新一点的洋装书不见了。我一时觉得很高兴，吩咐车夫们把书籍搬下楼，一面搜索值得搬的物件，预备一股脑儿装回去。忽然，我听得猫叫，那声音很微弱，留神一看，原来那猫就在我脚边。它满身都是泥灰，下半身完全焦黄了，瘦得几乎只剩一副骨骼，眼圈烂得红红的，胡子不剩半根，但我能辨认出它就是二房东家的黑猫。它也似乎还认识我，不住地向我叫，叫声微弱极了。我凄然地抱它在怀里。想不到它在战区里过了两个多月，居然没有死！我想问它这两月来的情形，可是它不会开口。等到书籍都已搬上车，我也抱了它坐上黄包车，不知为着什么，它听得塌车的轮子轧轧作响，忽然从我怀中一跃而出，向瓦砾堆里飞奔逃跑。我下车追赶，车夫也替我追，但是，哪里追得着呢！我很惆怅地立在瓦砾堆里痴望，哪里还有它的影踪！时间已经不早，只得转身回去，手背上竟觉得隐隐作痛，仔细一看，原来被它抓破了好几处，袍子上涂满了泥灰。

去年我在沪东区租了一幢房子，妻为我喜欢猫，同时也感到耗子们骚扰得太厉害，便在亲戚家讨一头花白猫来。那猫的面庞也生得圆圆的。进来的第二天，就捉住一头小耗子，使我们十分高兴，它离母胎还不到五个月，顽皮得可以，沙发套子常常被它抓。妻见我有线装书放在桌子上时，便赶快拿来藏到橱里，轻轻地说："不要再像那本《牡丹亭》。"过了三四个月，它更加肥大了，顽皮性似乎也改好了一点。白天蹲在庭前的短墙上，以捉苍蝇为消遣。据妻说，曾经亲见它捉住过一只苍蝇。因为壁虎是捉苍蝇的，她替它取个名字，叫作"壁虎儿"。一天，妻对我说："壁虎儿可大不聪敏，今天它从后门跑了出去，竟迷失了路，躲在十四号里不肯出来（我们住的是十九号），幸亏那家的女太太很热心，设法捉住了，送还我们。"因此，我就下了个戒严令，叫女佣们留心，不许让它走出后门去。

我早上喝牛奶，照例总得剩一点给壁虎儿。它听得杯子响时，总竖起了尾巴在床前徘徊，预备来享受我的剩余的牛奶。有一天清早，我吃过了牛奶还不见壁虎儿来。我敲着牛奶杯，嘴里咪咪地唤，然而壁虎儿还是不来。大家起来找寻，差不多有一个钟头，终不见它的影踪。看它的饭碗里还盛得满满的，可见昨天吃晚饭前它已经不在家了。我很着急，妻竟有点凄然。她断定它是走出后门外去而迷了路的。她说它天天蹲在庭前的短墙上，一呼唤便向里面跑，只有走出了后门便会迷路。我没有法子，只好自己譬解。我以为它也许在外边找它的情侣，说不定过一会儿就会回来。我又记得《两般秋雨盦随笔》的作者曾经说过，贯休觅句诗"尽日觅不得，有时还自来"，可以当作失猫诗读。又记得，韩

湘严给张度西书说："养鸟不如养猫。……闲散置之，自便去来，不劳把握。"可见猫在外面玩耍，一时忘归本家，是常有的事，过一会儿便会回来的。我把这意思告诉妻。妻说："这不可一概而论，我们住的是鸽子笼般的巷堂房子，比连的几十家，形式都是一样，假使没有门牌，恐怕连我们有时也会找不到自己的巢，何况那壁虎儿。"我们议论了好一会儿，工作的时间已到，我只好硬着头皮上工去。

中午放工回来，一进门就问妻："壁虎儿找到了没有？"

"没有！"她凄然地说，"十四号也去问过了，邻近的几家差不多全去找过，哪里有它的踪迹！"我们都很凄然，连饭都不能下喉。妻更不住地抬起眼向庭前的短墙上望。

过了两天，壁虎儿仍旧没有回来。我写了一个字条贴在巷堂口，文曰："本里十九号走失花白猫一头，取名'壁虎儿'，尾全黑，头上有一块桃子形的黑毛，背上也有长方形黑毛一块，面圆，四足全白，如蒙捉住送还，酬洋两元，决不食言。"

有几个闲人看了这字条在那里笑。看巷堂的对我说："猫皮很值钱，如果被'瘪三'捉去剥了，那就没有希望了。"我听了他的话，说不出的恐惧和悲哀。我只希望他的话完全是谣言。同时我又想起了从我怀里逃跑去的那只黑猫，不知道还在人间否。

过了许多时候，贴在巷堂口那张纸条也不见了。我和妻约定，此后永不养猫，免得再受佛家所说的"爱别离苦"。

# 黑猫公主

梁实秋

白猫王子今年四岁，胖嘟嘟的，体重在十斤以上，我抱它上下楼两臂觉得很吃力，它吃饱伸直了躯体侧卧在地板上足足两尺开外（尾巴不在内）。没想到四年的工夫它有这样长足的进展。高信疆、柯元馨伉俪来，说它不像是猫，简直是一头小豹子。按照猫的寿命年龄，四岁相当于我们人类弱冠之年，也许不会再长多少了吧。

白猫王子饱食终日，吃饱了洗脸，洗完脸倒头大睡。家里没有老鼠可抓，它无用武之地。凭他的嗅觉，它不放过一只蟑螂，见了蟑螂它就紧迫追踪，又想抓又害怕，等到菁清举起苍蝇拍子打蟑螂时，它又怕殃及池鱼藏到一个角落里去了。我们晚间外出应酬，先把它的晚餐备好，鲜鱼一钵，清汤一盂，然后给它盖上一床被毯，或是给它搭一个蒙古包似的帐篷。等我们回家的时候，它依然蜷卧原处。它的那床被毯颇适合它的身材。菁清在一个专卖儿童用物的货柜上选购那被毯的时候，精挑

细选，不是嫌大就是嫌小，店员不耐地问："几岁了？"菁清说："三岁多。"店员说："不对，不对，三岁这个太小了。"菁清说："是猫。"店员愣住了，她没卖过猫被。陆放翁《赠粉鼻诗》有句："问渠何似朱门里，日饱鱼餐睡锦茵。"寒舍不比朱门，但是鱼餐锦茵却是具备了。

白猫王子足不出户，但是江湖上已薄有小名。修漏的工人、油漆的工人、送货的工人，看见猫蹲在门口，时常指着它问："是白猫王子吧？"我说是，他就仔细端详一番，夸奖几句，猫并不理会，大摇大摆而去。猫若是人，应该说声谢谢。这只猫没有闲事挂心头，应该算是幸福的，只是没有同类的伴侣，形单影只，怕不免寂寞之感。菁清有一晚买来一只泰国猫，身棕色毛，小脸乌黑，跳跳蹦蹦十分活跃，菁清唤它作"小太妹"。白猫王子也许是以为非我族类其心必异，相处似不投机，双方都常呜呜地吼，作蓄势待发状。虽然是两个恰恰好，两份的供养还是使人不胜鱼荷。我取得菁清同意，决计把小太妹举以赠人。陈秀英的女儿乐滢爱猫如命，遂给她带走了。白猫王子一直是孤家寡人一个。

有一天我们居住的大厦门前有两只小猫光临，一白一黑，盘旋不去，瘦骨嶙峋，蓬首垢面。不知是谁家的遗弃。夜寒风峭，十分可怜。菁清又动了恻隐之心。"我们给抱上来吧？"我说不，家里有两只猫，将要喧宾夺主。菁清一声不响端着白猫王子吃剩的鱼加上一点米饭送到楼下去了。两只猫如饿虎扑食，一霎间风卷残雪，她顾而乐之。于是由一天送鱼一次，而二次，而三次，而且抽暇给两只猫用干粉洁身。我不由自主地也参加了送猫饭的行列。人住十二层楼上，猫在道边门口，势难长久。其中黑的一只，两只大蓝眼睛，白胡须，两排白牙，特别讨人欢喜。好不容易我们给黑猫找到了可以信赖的归宿。我们认识的廖先生，他和他一家人都爱猫，于是菁清把黑猫装在提笼里交由廖先生携去。事后菁清打了两次电话，知道黑猫情况良好，也就放心了。只剩下一只白猫独自卧在门口。看样子它很忧郁，突然失去伴侣当然寂寞。

事有凑巧，不知从哪里又来了一只小黑猫。这只小黑猫大概出生有六个月，看牙齿就可以知道。除了浑身漆黑之外，四爪雪白，胸前还有一块白斑，据说这种猫名为"踏雪寻梅"，还满有名堂的。又有人说，本地有些人认为黑猫不吉利。在外国倒是有此一说，以为黑猫越途，不吉。哀德加·阿兰·坡有一篇恐怖小说，题名就是《黑猫》，这篇小说我没读过，不知黑猫在里面扮的是什么角色。无论如何白猫又有了伴侣，我们楼上楼下一天三次照旧喂两只猫，如是者约两个星期。

有一夜晚，菁清面色凝重地对我说："楼下出事了！"我问何事惊慌，她说据告白猫被汽车压死了。生死事大，命在须臾，一切有情莫不如此，但是这只白猫刚刚吃饱几天，刚刚洗过一两次，刚刚失去一黑猫又得到一黑猫为伴，却没来由的粉身碎骨死在车轮之下！我半晌无语，喉头好像有梗结的感觉。缘尽于此，没有说的。菁清又徐徐地说："事已到此，我别无选择，把小猫抱上来了。"好像是若不立刻抱上来，也会被车辗死。在这情形之下，我也不能反对了。

"猫在哪里？"

"在我的浴室里。"

我走进去一看，黑暗的角落里两只黄色的亮晶晶的眼睛在闪亮，再走近看，白须、白下巴颏儿、白爪子，都显露出来了。先喂一钵鱼，给

它压压惊。我们决定暂时把它关在一间浴室里，驯服它的野性，择吉再令它和白猫王子见面。菁清问我："给她起个什么名字呢？"我想不出。她说："就叫黑猫公主吧。"

黑猫公主的个性相当泼辣，也相当灵活，头一天夜晚它就钻到藏化妆品的小柜橱里。凡是有柜门的地方它都不放过。我说这样淘气可不行，家里瓶瓶罐罐的东西不少，哪禁得它横冲直撞？菁清就说："你忘了？白猫王子初来我家不也是这样吗？"她的意思是，慢慢管教，树大自直。要使这黑猫长久居留，菁清有进一步的措施，给公主做体格检查。兽医辜泰堂先生业务极忙，难得有空出来门诊，可是他竟然肯来。在他检查之下，证明黑猫公主一切正常，临行时给它打了两针预防霍乱之类的药剂。事情发展到此，黑猫公主的户籍就算暂时确定了。它与白猫王子以后是否能够相处得如鱼得水，且待查看再说。

# 白猫王子

梁实秋

有一天菁清在香港买东西，抱着夹着拎着大包小笼地在街上走着，突然啪的一声有物自上面坠下，正好打在她的肩膀上。低头一看，毛茸茸的一个东西，还直动弹，原来是一只黄鸟，不知是从什么地方落下来的，黄口小雏，振翅乏力，显然是刚学起飞而力有未胜。菁清勉强腾出手来，把它放在掌上，它身体微微颤动，睁着眼睛痴痴地望。她不知所措，丢下它于心不忍。颜氏家训有云："穷鸟入怀，仁人所悯。"仓促间亦不知何处可以买到鸟笼。因为她正要到银行去有事，就捧着它进了银行，把它放在柜台上面，行员看了奇怪，攀谈起来，得知银行总经理是一位爱鸟的人，他家里用整间的房屋做鸟笼。当即把总经理请了出来，他欣然承诺把鸟接了过去。路边孤雏总算有了最佳归宿，不知如今羽毛丰满了未?

有一天夜晚在台北，菁清在一家豆浆店消夜后步行归家，瞥见一条

很小的跛脚的野狗，一瘸一拐地在她身后亦步亦趋。跟了好几条街。看它瘦骨嶙峋的样子大概是久矣不知肉味，她买了两个包子喂它，狼吞虎咽如风卷残云，索性又喂了它两个。从此它就跟定了她，一直跟到家门口。她打开街门进来，狗在门外用爪子挠门，大声哭叫，它也想进来。我们家在七层楼上，相当逼仄，不宜养犬。但是过了一小时再去探望，它仍守在门口不去。无可奈何托一位朋友把它抱走，以后下落就不明了。

以上两桩小事只是前奏，真正和我们结了善缘的是我们的白猫王子。

普通人家养猫养狗都要起个名字，叫起来方便，而且豢养的不止一只，没有名字也不便识别。我们的这只猫没有名字，我们就叫它猫咪或咪咪。白猫王子是菁清给它的封号，凡是封号都不该轻易使用。没有人把谁的封号整天价挂在嘴边乱嚷乱叫的。

白猫王子到我们家里来是很偶然的。

一九七八年三月三十日，我的日记本上有这样的一句："菁清抱来一只小猫，家中将从此多事矣。"缘当日夜晚，风狂雨骤，菁清自外归来，发现一只很小很小的小猫拘拘缩缩地蹲在门外屋檐下，身上湿漉漉的，叫的声音细如游丝，她问左邻右舍这是谁家的猫，都说不知道。于是因缘凑合，这只小猫就成了我们家中的一员。

惭愧家中无供给，那一晚只能飨以一碟牛奶，像外国的小精灵扑克似的，它把牛奶舐得一干二净，舐饱了之后它用爪子洗洗脸，伸胳膊拉腿地倒头便睡，真是粗豪之至。我这才有机会端详它的小模样。它浑身雪白（否则怎能赐以白猫王子之嘉名？），两个耳朵是黄的，脑顶上是黄的中间分头路，尾巴是黄的。它的尾巴可有一点怪。短短的而且是弯曲的，里面的骨头是弯的，永远不能伸直。起初我们觉得这是畸形，也许是受了什么伤害所致，后来听兽医告诉我们这叫作麒麟尾，一万只猫也难得遇到一只有麒麟尾。麒麟是什么样子，谁也没见过，不过图画中的麒麟确是卷尾巴，而且至少卷一两圈。没有麒麟尾，它还称得上是白猫王子吗？

在外国，猫狗也有美容院。我在街上隔着窗子望进去，设备堂皇，清洁而雅致，服务项目包括梳毛、洗澡、剪指甲以及马杀鸡之类。开发中的国家当然不至荒唐若是。第一桩事需要给我的小猫做的便是洗个澡。菁清问我怎个洗法，我也不知道。我只知道猫怕水，扔在水里会淹死，所以必须干洗。记得从前家里洗羊毛袄的皮筒子，是用黄豆粉麕樟脑，在毛皮上干搓，然后梳刷。想来对猫亦可如法炮制。黄豆粉不可得，改用面粉，效果不错。只是猫不知道我们对它要下什么毒手，拼命抗拒，在一人按捺一人搓洗之下勉强竣事，我对镜一看我自己几乎像是"打面缸"里的大老爷！后来我们发现洗猫有专用的洗粉，不但洗得干净，而且香喷喷的。猫也习惯，察知我们没有恶意，服服帖帖地让菁清给它洗，不需要我在一边打下手了。

国人大部分不爱喝牛奶，我国的猫亦如是。小时候"有奶便是娘"，稍大一些便不是奶所能满足。打开冰箱煮一条鱼给它吃，这一开端便成了例。小鱼不吃，要吃大鱼；陈鱼不吃，要吃鲜鱼；隔夜冰冷的剩鱼不吃，要现煮的温热的才吃……起先是什么鱼都吃，后来有挑有拣，现在

则专吃新鲜的沙丁鱼。兽医说，喂鱼要先除刺，否则鲠在喉里要开刀，扎在胃里要出血。记得从前在北平也养过猫，一天买几个铜板的熏鱼担子上的猪肝，切成细末拌入饭中，猫吃得痛痛快快。大概现在时代不同了，好多人只吃菜不吃饭，猫也拒食碳水化合物了。可是飨以外国的猫食罐头以及开胃的猫零食，它又觉得不对胃口，别的可以洋化，吃则仍主本位文化。偶然给了它一个茶叶蛋的蛋黄，它颇为欣赏，不过掰碎了它不吃，它要整个的蛋黄，用舌头舔得团团转，直到舔得无可再舔而后止。夜晚一点钟街上卖茶叶蛋的老人沙哑的一声"五香茶叶蛋"，它便悚然以惊，竖起耳朵喵喵叫。铁石心肠也只好披衣下楼买来给它消夜。此外我们在外宴会总是不会忘记带回一包烤鸭或炸鸡之类作为它的打牙祭。

吃只是问题的一半，吃下去的东西会消化，消化之后剩余的渣滓要排出体外，这问题就大了。白猫王子有四套卫生设备，楼上三套，楼下一套。猫比小孩子强得多，无须教就会使用它的卫生设备。街上稍微偏僻一点的地方常见有人"脚向墙头八字开"，红砖道上星罗棋布的狗屎更是无人不知的。我们的猫没有这种违警行为，它知道在什么地方做什么事。只是它的洁癖相当烦人，四个卫生设备用过一次便需清理现场，换沙土，否则它会呜呜地叫。不过这比起许多人用过马桶而不冲水的那种作风似又不可同日而语。为了保持清洁，我们在设备上里里外外喷射猫狗特用的除臭剂，它表示满意。

猫长得很快，食多事少，焉得不胖？运动器材如橡皮鼠、不倒翁、小布人，都玩过了。它最感兴趣的是乒乓球，在地毯上追逐翻滚身手矫健。但是它渐渐发福了，先从腹部胖起，然后有了双下巴颏，脑勺后面起了一道肉轮。把乒乓球抛给它，它只在球近身时用爪子拨一下，像打高尔夫的大老爷之需要一个球童。它不到一岁，已经重到九公斤，抱着它上下楼，像是抱着一个大西瓜。它吃了睡，睡了吃，不做任何事——可是猫能做什么呢？家里没有老鼠，所以它无用武之地，好像它不安于饱食终日无所用心的境界，于是偶尔抓蟑螂、抓蚰蜒、抓苍蝇、抓蚊蚋。此外便是舐爪子抹脸了。

胖还不要紧，要紧的是春将来到，屋里怕关不住它。划出阳台一部分，宽五尺长三十尺，围以铁栏杆，可以容纳几十只猫，晴朗之日它在里面可以晒太阳、可以观街景。听见远处猫叫，它就心惊。万一我们照顾不到，它冲出门外，它是没有法子能再回来的。我们失掉一只猫，这打击也许尚可承受，猫失掉了我们，便后果堪虞了。菁清和我商量了好几次，拿不定主意。不是任其自然，便是动阉割手术。凡是有过任何动手术的经验的人都该知道，非不得已谁也不愿轻试。给猫行这种手术据说只要十五分钟就行了。我们还是不放心，打电话问几家兽医院，都说是小手术，麻药针都不必打，闻之骇然。最后问到"国际犬猫专医院"辜泰堂兽医师，他说当然要打麻药针，否则岂不痛死？我们这才下了决心，带猫到医院去。

猫装进小笼，提着进入计程车，它便开始惨叫，大概以为是绑赴刑场。放在手术台上便开始哀鸣，大概以为是要行刑。其实是刑，是腐刑，动员四个人，才得完成手术，我躲在室外，但闻室内住院的几只猫狗齐鸣。事后抱回家里，休养了约一星期，医师出诊两次给它拆线敷

药。此后猫就长得更快、更胖、更懒。关于这件事我至今觉得歉然，也许长痛不如短痛，可是我事前没有征求它的同意。旋思世上许多事情都未经过同意——人来到世上，离开世上，可又征求过同意？

有朋友看见我养猫就忠告我说，最好不要养猫。猫的寿命大概十五六年，它也有生老病死。它也会给人带来悲欢离合的感触。一切苦恼皆由爱生。所以最好是养鱼，鱼在水里，人在水外，几曾听说过人爱鱼，爱到摩它、抚它、抱它、亲它的地步？养鱼只消喂它，侍候它，隔着鱼缸欣赏它，看它悠然而游，人非鱼亦知鱼之乐。一旦鱼肚翻白，也不会有太多的伤痛。这番话是对的，可惜来得太晚了。白猫王子已成为家里的一分子，只是没有报户口。

白猫王子的姿势很多，平伸前腿昂首前视，有如埃及人面狮身像谜一样的庄严神秘。侧身卧下，弓腰拳腿，活像是一颗大虾米。缩颈眯眼，藏起两只前爪，又像是老僧入定。睡时常四脚朝天，露出大肚子做坦腹东床状，睡醒伸懒腰，将背拱起，像骆驼。有时候它枕着我的腿而眠，压得我腿发麻。有时候躲在门边墙角，露出半个脸，斜目而视，好像是逗人和它捉迷藏。有时候又突然出人不意跳过来抱我的腿咬——假咬。有时候体罚不能全免，菁清说不可以没有管教，在毛厚肉多的地方打几巴掌，立见奇效，可是它会一两天不吃饭，以背向人，菁清说是伤了它的自尊。

据我所知，英国文人中最爱猫的是十八世纪的斯玛特（Smart），是诗人也是疯子。他的一首无韵诗《大卫之歌》第十九节第五十行起及整个的第二十节，都是描述他的猫乔佛莱。有几部分写得极好，例如：

上帝的光在东方刚刚出现，他即以他的方式去礼拜。

其方式是弓身七次，优美而迅速。

然后他跳起捉麝球，这是他求上帝赐给他的恩物。

他连翻带滚地闹着玩。

做完礼拜受了恩宠之后他开始照顾他自己。

他分为十个步骤去做。

首先看看前爪是否干净。

第二是向后踢几下以腾出空间。

第三是伸前爪欠身做体操。

第四是在木头上磨他的爪。

第五是洗浴。

第六是浴罢翻滚。

第七是为自己除蚤，以免巡游时受窘。

第八是靠一根柱子摩擦身体。

第九是抬头听取指示。

第十是前去觅食。

他是属于虎的一族。

虎是天使，猫是小天使。

他有蛇的狡狯与嘘嘘声，但他禀性善良能克制自己。

如吃得饱，他不做破坏的事，若未被犯他亦不唾。

上帝夸他乖，他做呜呜声表示感谢。

他是为儿童学习仁慈的一个工具。

没有猫，每个家庭不完备，幸福有缺憾。

我们的白猫王子和英国的乔佛莱又有什么两样？

一九七九年三月三十日是猫来我家一周岁的纪念日，不可不饮宴，以为庆祝。菁清一年的辛劳换来不少温馨与乐趣，而兽医师辜泰堂先生维护它的健康，大德尤不可忘，乃肃之上座，酌以醴浆。我并且写了一个小条幅送给他，文曰：

是乃仁心仁术；

泽及小狗小猫。

# 猫的故事

梁实秋

猫很乖,喜欢偎傍着人;有时候又爱蹭人的腿,闻人的脚。唯有冬尽春来的时候,猫叫春的声音颇不悦耳。呜呜地一声一声地吼,然后突然地哇咬之声大作,稀里哗啦的,铿天地而动神祇。这时候你休想安睡。所以有人不惜昏夜起床持大竹竿而追逐之。祖传有一位和尚作过这样的一首诗:"猫叫春来猫叫春,听它愈叫愈精神,老僧亦有猫儿意,不敢人前叫一声。"这位师父富同情心,想来不至于抢大竹竿子去赶猫。

我的家在北平的一个深巷里。有一天,冬夜荒寒,卖水萝卜的,卖硬面饽饽的,都过去了,除了值更的梆子遥远的响声可以说是万籁俱寂。这时候屋瓦上噪的一声猫叫了起来,时而如怨如诉,时而如诟如詈,然后一阵跳踉,蹿到另外一间房上去了,往返跳跃,搅得一家不安。如是者数日。

　　北平的窗子是糊纸的，窗棂不宽不窄正好容一只猫儿出入，只消它用爪一划即可通往无阻。在春暖时节，有一夜，我在睡梦中好像听到小院书房的窗纸响，第二天发现窗棂上果然撕破了一个洞，显然的是有野猫钻了进去。大概是饿极了，进去捉老鼠。我把窗纸补好，不料第二天猫又来，仍从原处出入，这就使我有些不耐烦，一之已甚岂可再乎？第三天又发生同样情形，而且把书桌书架都弄得凌乱不堪，书桌上印了无数的梅花印，我按捺不住了。我家的厨师是一个足智多谋的人，除了调和鼎鼐之外还贯通不少的左道旁门，他因为厨房里的肉常常被猫拖拉到灶下，鱼常被猫叼着上了墙头，怀恨于心，于是殚智竭力，发明了一个简单而有效的捕猫方法。他用铁丝一根，在窗棂上猫经常出入之处钉一个铁钉，铁丝一端系牢在铁钉之上，另一端在铁丝上做一活扣，使铁丝作圆箍形，把圆箍伸缩到适度放在窗棂上，便诸事完备，静待活捉。猫窜进屋的时候前腿伸入之后身躯势必触到铁丝圆箍，于是正好套在身上，活生生悬在半空，愈挣扎则圆箍愈紧。厨师看我为猫所苦无计可施，遂自告奋勇为我在书房窗上装置了这么一个机关。我对他起初并无信心，姑妄从之。但是当天夜里居然有了动静，早晨起来一看，一只瘦猫奄奄一息地赫然挂在那里！

　　厨师对于捉到的猫向来执法如山，不稍宽假，我看了猫的那副可怜相直为它缓颊。结果是从轻发落予以开释，但是厨师坚持不能不稍予膺惩，即在猫身上用原来的铁丝系上一只空罐头，开启街门放它一条生路。只见猫一溜烟似的稀里哗啦地拖着罐头绝尘而去，像是新婚夫妻的汽车之离教堂去度蜜月。跑得愈快，罐头响声愈大，猫受惊乃跑得更快，惊动了好几条野狗跟在后面追赶，黄尘滚滚，一瞬间出了巷口往北而去。它以后的遭遇如何我不知道，我心想它吃了这个苦头以后绝对不会再光顾我的书房。窗户纸重新糊好，我准备高枕而眠。

当天夜里，听见铁罐响，起初是在后院砖地上哗啷哗啷地响，随后像是有东西提着铁罐猱升跨院的枣树，终乃在我的屋瓦上作响。屋瓦是一垄一垄的，中有小沟，所以铁罐越过瓦垄的声音是格登格登的清晰可辨。我打了一个冷战：难道是那只猫的阴魂不散？它拖着铁罐子跑了一天，藏躲在什么地方，终于黉夜又复光临寒舍，我家究竟有什么东西值得使它这样的念念不忘？

哗啷一声，铁罐坠地，显然的是铁丝断了。几乎同时，噗的一声，猫顺着我窗前的丁香树也落了地。它低声地呻吟了一声，好像是初释重负后的一声叹息。随后我的书房窗纸又撕破了——历史重演。

这一回我下了决心，我如果再度把它活捉，要用重典，不是系个铁罐就能了事。我先到书房里去查看现场，情况有一些异样，大书架接近顶棚最高的一格有几本书洒落在地上。倾耳细听，书架上有呼噜呼噜的声音。怎么猫找到了这个地方来酣睡？我搬了高凳爬上去窥视，吓我一大跳，原来是那只瘦猫拥着四只小猫在喂奶！

四只小猫是黑白花的，咕咕容容地在猫的怀里乱挤，好像眼睛还没有睁开，显然是出生不久。在车船上遇到有妇人生产，照例被视为喜事，母子好像都可以享受好多的优待。我的书房里如今喜事候门，而且一胎四个，原来的一腔怒火消去了不少。天地之大德曰生，这道理本该

普及于一切有情。猫为了它的四只小猫，不顾一切地冒着危险回来喂奶，伟大的母爱实在是无以复加！

　　猫的秘密被我发现，感觉安全受了威胁，一夜的工夫它把四只小猫都叼离书房，不知运到什么地方去了。

# 小花

### 梁实秋

　　小花子本是野猫，经菁清留养在房门口处，起先是供给一点食物一点水，后来给他一只大纸箱作为他的窝，放在楼梯拐角处，终乃给他买了一只孩子用的鹅绒被袋作为铺垫，而且给他设了一个沙盆逐日换除洒扫。从此小花子就在我们门前定居，不再到处晃荡，活像"鸿鸾禧"里的叫花子，喝完豆汁儿之后甩甩袖子连呼："我是不走的了啊，我是不走的了啊！

　　彼此相安，没有多久。

　　有一天我回家看见菁清抱着小花子在房间里踱来踱去，我惊问："他怎么登堂入室了？"我们本来约定不许他越雷池一步的。

　　"外面风大，冷，你不是说过猫怕冷吗？"

　　我是说过，猫是怕冷。结果让他在室内暖和了一阵，仍然送到户外。看着他在寒风里缩成一团偎在纸箱里，我心里也有些不忍。

再过些时，有一天小花子不见了，整天都没回来就食，不知他云游何处去了。一天两天过去，杳无消息。他虽是野猫，我们对他不只有一饭之恩，当然甚是牵挂。每天打开门看看，猫去箱空，辄为黯然。

忽然有一天他回来了，浑身泥污，而且沾有血迹，他的嘴里挂着血淋淋的一块肉似的东西，像是碎裂的牙肉。菁清赶快把他抱起，洗刷一下，在身上有血迹处涂了紫药水，发现他的两颗虎牙没有了，满嘴是血。我们不知他遭遇了什么灾难，落得如此狼狈。菁清取出一个竹笼，把他装了进去，骑车直奔国际猫狗专科病院辜仲良(泰堂)先生处。辜大夫说，他的牙被人敲断了，大量出血，被人塞进几团药棉花，他在身上乱舔所以到处有血迹。于是给他打针防破伤风，注射消炎剂，清洗口腔，取出药棉花，涂药。菁清抱他回来，说："看他这个样子，今天不要教他在门外睡了吧。"我还有什么话说。于是小花进了家门，睡在属于黑猫公主的笼子里。黑猫公主关在楼上寝室里。三猫隔离，各不相扰。这是临时处置，我心想过一两天还是要放小花子到门外去的。

但是没想到第二天菁清又有了新发现，她告我说，在她掰开猫嘴涂药时发觉猫的舌头短了一大截，舌尖不见了。大概是牙被敲断时，被人顺手把舌头也剪断了。菁清要我看，我不敢看。我不知道他犯了什么大过，受此酷刑。我这才明白为什么每次喂他吃鱼总是吃得盘里盘外狼藉不堪，原来他既无门牙又缺半截舌头。世界上是有厌猫的人。据说，拿破仑就厌恶猫，"在某次战役中，有个侍从走过拿破仑的卧房时，突然听到这位法国皇帝在呼救。他打开房门一看，拿破仑的衣服才穿到一半，满头大汗，用剑猛刺绣帷，原来他是在追杀一只小猫。"美国的艾森豪总统也恨猫，"在盖次堡家中的电视机旁，备有一支鸟枪打击乌鸦。此外他还下令，周遭若出现任何猫，格杀勿论。英文里有一个专门名词，称厌恶猫者为 ailurophobe。我想我们的小花子一定是在外游荡时遇到了一位厌猫者，敲掉门牙剪断舌头还算是便宜了他。

菁清说，这猫太可怜，并且历数他的本质不恶，天性很乖，体态轻盈，毛又细软，但是她就没有明白表示要长期收养他的意思。我也没有明白表示我要改变不许他进门的初衷。事实逐步演变，他已成了我们家庭的一员。菁清奉献刷毛挖耳剪指甲全套服务，还不时地把他抱在怀里亲了又亲。我每星期上市买鱼也由七斤变为十斤。煮鱼摘刺喂食的时候，也由准备两盘改为三盘。

"米已熟了，只欠一筛。"最后菁清画龙点睛似的提出了一个话题。"这猫已不像是一只野猫了，似不可再把他当作街头浪子，也不再是小叫花子，我们把'小花子'的名字里的'子'字取消，就叫他'小花'吧。"

我说"好吧"。从此名正言顺，小花子成了小花。我担心的是以后是否还有二花三花闻风而至。

# 白象

丰子恺

白象是我家的爱猫，本来是我的次女林先家的爱猫。再本来是段老太太家的爱猫。

抗战初，段老太太带了白象逃难到大后方。胜利后，又带了它复员到上海，与我的次女林先及吾婿宋慕法邻居。不知为了什么原因，段老太太把白象和它的独子小白象寄交林先、慕法家，变成了他们的爱猫。我到上海，林先、慕法又把白象寄交我，关在一只无锡面筋的笼里，上火车，带回杭州，住在西湖边上的小屋里，变成了我家的爱猫。

白象真是可爱的猫！不但为了它浑身雪白，伟大如象，又为了它的眼睛一黄一蓝，叫作"日月眼"。它从太阳光里走来的时候，瞳孔细得几乎没有，两眼竟像话剧舞台上所装置的两只光色不同的电灯，见者无不惊奇赞叹。收电灯费的人看见了它，几乎忘记拿钞票；查户口的警察看见了它，也暂时不查了。

白象到我家后，慕法、林先常写信来，说段老太太已迁居他处，但常常来他们家访问小白象，目的是探问白象的近况。我的幼女一吟，同情于段老太太的离愁，常常给白象拍照，寄交林先转交段老太太，以慰其相思。同时对于白象，更增爱护。每天一吟读书回家，或她的大姐陈宝教课回家，一坐倒，白象就跳到她们的膝上，老实不客气地睡了。她们不忍拒绝，就坐着不动，向人要茶，要水，要换鞋，要报看。有时工人不在身边，我同老妻就当听差，送茶，送水，送鞋，送报。我们是间接服侍白象。

有一天，白象不见了。我们侦骑四出，遍寻不得。正在担忧，它偕同一只斑花猫，悄悄地回来了，大家惊喜。女工秀英说，这是招贤寺里的雄猫，说过笑起来。经过一个短促的休止符，大家都笑起来。原来它是到和尚寺里去找恋人去了，害得我们急死。

此后斑花猫常来，它也常去，大家不以为奇。我觉得白象更可爱了。因为它不像鲁迅先生的猫，恋爱时在屋顶上怪声怪气，吵得他不能读书写稿，而用长竹竿来打。后来它的肚皮渐渐大起来了。约莫两三个月之后，它的肚皮大得特别，竟像一只白象了。我们用一只旧箱子，把盖拿去，作为它的产床。有一天，它临盆了，一胎五子，三只雪白的，两只斑花的。大家称庆，连忙叫男工樟鸿到岳坟去买新鲜鱼来给它调将。女孩子们天天冲克宁奶粉给它吃。

小猫日长夜大，二星期之后，都会爬动。白象育儿耐苦得很，日夜躺卧，让五个孩子纠缠。它的身体庞大，在五只小猫看来，好比一个丘陵。它们恣意爬上爬下，好像西湖上的游客爬孤山一样。这光景真是好看！

不料有一天，一只小花猫死了。我的幼儿新枚，哭了一场，拿一条美丽牌香烟的匣子，当作棺材，给它成殓，葬在西湖边的草地中。余下的四只就特别爱惜。我家有七个孩子，三个在外，四个在杭州，他们就把四只小猫分领，各认一只。长女陈宝领了花猫，三女宁馨、幼女一吟、幼儿新枚，各领一只白猫。这就好比乡下人把孩子过房给庙里的菩萨一样，有了"保佑"，"长命富贵"。大约因为他们不是菩萨，不能保佑；过一会儿，一只小白猫又死了。剩下三只，一花二白，都很健康，看看已能吃鱼吃饭。不必全靠吃奶了。白象的母氏劬劳，也渐渐减省。它不必日夜躺着喂奶，可以随时出去散步，或跳到女孩子们的膝上去睡觉了。女孩子们笑它："做了母亲还要别人抱？"它不理，管自睡在人家怀里。

有一天，白象不回来吃中饭。"难道又到和尚寺里去找恋人了？"大家疑问。等到天黑，终于不回来。秀英当夜到寺里去寻，不见。明天，又不回来。问题严重起来，我就写二张海报："寻猫：敝处走失日月眼大白猫一只。如有仁人君子觅得送还，奉酬法币十万元。储款以待，决不食言。××路××号谨启。"过了两天，有邻人来言，"前几天看见一大白猫死在地藏庵与复性书院之间的水沼里。恐怕是你们的。"我们闻耗奔丧，找不到尸体。问地藏庵里的警察，也说不知；又说，大概清道夫取去了。我们回家，大家沉默志哀，接着就讨论它的死因。有的说是它自己失脚落水，有的说是顽童推它下水，莫衷一是。后来新枚来报告，邻家的孩子曾经看见一只大白猫死在水沼上的大柳树根上。后来被人踢到水沼里。孩子不会说诳，此说大约可靠。且我听说，猫不肯死在家里，自知临命终了，必远行至无人处，然后辞世。故此说更觉可靠。我觉得这些"猫性"，颇可赞美。这有壮士风，不愿死户牖下儿女之手中，而情愿战死沙场，马革裹尸。这又有高士风。不愿病死在床上，而情愿遁迹深山，不知所终。总之，白象确已不在"猫间"了！

白象失踪的第二天，林先从上海来杭。一到，先问白象。骤闻噩耗，惊惶失色。因为她原是受了段老太太之托，此番来杭将把白象带回上海，重归旧主的。相差一天，天缘何悭！然而天实为之，谓之何哉。所幸它还有三个遗孤，虽非日月眼，而壮健活泼，足以承继血统。为防损失，特把一匹小花猫寄交我的好友家。其余两匹小白猫，常在我的身边。每逢我架起了脚看报或吃酒的时候，它们爬到我的两只脚上，一高一低，一动一静，别人看见了都要笑。我倒已经习以为常，似觉一坐下来，脚上天生成有两只小猫的。

# 猫的故事

许君远

　　我平生爱猫，到四川三年却不曾有机会养猫，原因之一是此地猫种不够繁衍，必须花好多钱去买，买了又必须用绳索系牢，如果让它自由行动，随时都有被人偷去的危险，伤财怄气，最犯不上。原因之二是妻不喜欢（大女儿抱来一条小狗，大遭妈妈呵斥，成天加以米贵为理由，不肯让它吃饱），倘使把它"请"到家来，只得由我一个人照顾，鱼肉最不易买，而这种消费也不在妻的正常开支以内。

　　童年在故乡，总是饲养着这种依在身边的小动物，夏天看着它生儿女，在葡萄架底下歪着身子喂奶，心里异常舒服。冬天把它偎在被窝里睡觉，看着它四脚朝天，听着它唔唔地念佛，真是绝好的催眠曲。尤其在北国乡间的雪夜（除了新年，卧室内不生煤火），伴着祖母坐在炕头上听祖父讲故事，抚着猫的脊背，沙沙地闪出火星，宛然置身天堂福地，那种安慰唯有哥伦布到了新大陆可与之比伦。

寿命最长的是一头全身乌黑金黄眼睛的母猫，她留下了四五代子孙，颜色却由黄"虎狸"蜕化成黑"虎狸"，由母亲的短脸变成它们所有的那一条长白的鼻子。短脸猫的确比长鼻子猫好看，乌黑油亮也的确比驳色媚人。那只老猫大概活到我七八岁时，在一个麦秋时节失踪，很可能是被三叔家的恶狗咬死。祖母却说老猫都要回到山里成仙，我对那个神话很发生过一个长时期的幻想。

虽然她的子孙不肖，一只黑"虎狸"猫（大概是她的外孙女吧？）却给我留下不可磨灭的印象。它比祖母个子小，比她驯顺，最特别的便是我下学归来总是躲在大门背后迎接，每天上学要送我出了巷（其实这种送，给了我很大的麻烦，因为怕它遭了毒手，我必须抱它回家，关好大门，重新跑路），完全像一只哈巴狗，在心理上却觉得比狗好玩。

离开乡下去北平读书，满眼含着泪水，一面是因为舍不开终年抚爱我的祖母，另一面却在担心小猫失去照拂。冬天，父亲由家乡返回北平，我首先问到我的动物，他告诉我被狗咬死，我止不住眼泪簌簌，父亲嗔我不问祖母健康，反而先问动物的安全。后来过年回家，他笑着传播这个故事，惹得老人一起解颐，说"这个孩子长大了一定多情"（这句话注定了我半生的命运）。

北平是一个养猫的好环境，然而也许因为年龄大了，不能专心于"业余消遣"，十数年间不曾养过一只可人意的小猫。女主人不能加意维护，女佣人们自然不肯多费心思。不到半年跑了，另换新的，换来换去也就换厌了，对猫的兴趣大为减少。这一个时期我颇信西谚Dog attaches to person，cat attaches to places（狗随人猫随地方）的真理，于是我就试

着养狗。在养狗的阶段曾经从朋友地方索到一只毛色美丽的大花猫，关在卧室里喂了两天。那时我还不知道用绳索捆起的办法，它颇有"终老是乡"的意思，突然Romy（我那只大狼狗）闯了进去，花猫愤怒地穿窗而出，一去而不返。

在上海养过一只最有灵性的猫。一天它突然跑到我的楼上书房，等到发现走错了地方，已经为时太迟，孩子们早把房门关上。它非常惊慌局促：眼睛睁得很大，前脚弯着，后脚蹲着，尾巴在地上扑打摇摆，嘴里还有怒狠狠的声音。一个有养猫经验的人对它的表情并不感到稀奇，装作不注意那一回事，一面安抚住孩子们，不许她们走近，一面放一块肉让它尝尝，肉是吃了，不过还是不能宁静，一会逃到书桌里，任你引诱呼唤也不肯出头。于是我便把食物送到抽屉口上，不再打扰它的自由。这样两天过去，它居然成为我们家庭的附属，除了去厨房排泄（那事引起女佣人千百次的怨言），不轻易下楼一步。而且我在哪里，它要追到哪里，我在沙发上睡，它便伏在沙发背上，我在书桌上读书，它便卧在字典旁边。夜里睡在我的脚头，需要下楼便喵喵两声，由我替它开门。这还不算，它最能知道我晚上下班的时间，汽车喇叭一响，它便跳到地上叫喊，有时女佣人听不到声音，还是它的喊叫把她唤醒。妻不爱猫狗，但对于"大咪"（那只猫的专名）的美德也愿意广为宣扬，到过我家的客人，谁都知道这一段催女佣人开门的故事。

我单身离沪赴港，没有把"大咪"带到南国的理由，然而我总是写信问，总是托妻照顾它的生活。家人过港，我吩咐把它带走，下船却只有三个孩子，没看到那个黑"虎狸"白肚皮的动物。事后问起她们，才

知道我离沪不久，"大咪"也就失踪，据说又回到它的旧主人那里，妻怕我伤心，写信不肯提起，不过在她叙述经过的时候，我却不能掩抑我的悲怀，宛然是丧失一个好朋友的滋味。而这次颇给了我养猫的新经验，cat attaches to places 并不见得完全正确的。

香港也够上耗子为灾（其情形也许仅次于重庆），猫却不是什么珍品，养猫的风气也不兴盛。一次大女儿从街上抱到家里一只又脏又丑不足满月的乳猫，居然养它长大，但是从罗便臣道迁往跑马地不久，它便另外找到比我家更为安适的地方了。这件事对我没有什么感觉，孩子却痛哭一场。妻说大孩子肖父不肖母，爱猫狗的特性也跟我。每次这样说，我总是得意地笑，因为如果像二女儿那样对猫狗毫无爱惜，我家以后将永无家畜的踪影了，那是多么单调可怕的景象！

爱猫狗是同情心丰富的表现，像我这样一个平凡的人，不会有什么优良的品德传于儿女，因而对于大女儿的肖父特性，觉得非常值得安慰了。

# 猫的早餐

老舍

多鼠斋的老鼠并不见得比别家的更多，不过也不比别处的少就是了。前些天，柳条包内，棉袍之上，毛衣之下，又生了一窝。

没法不养只猫子了，虽然明知道一买又要一笔钱，"养"也至少须费些平价米。

花了二百六十元买了只很小很丑的小猫来。我很不放心。单从身长与体重说，厨房中的老一辈的老鼠会一口咬两只这样的小猫的。我们用麻绳把咪咪拴好，不光是怕它跑了，而是怕它不留神碰上老鼠。

我们很怕咪咪会活不成的，它是那么瘦小，而且终日那么团着身哆里哆嗦的。

人是最没办法的动物，而他偏偏爱看不起别的动物，替它们担忧。

吃了几天平价米和煮包谷，咪咪不但没有死，而且欢蹦乱跳的了。它是个乡下猫，在来到我们这里以前，它连米粒与包谷粒大概也没吃过。

我们总觉得有点对不起咪咪——没有鱼或肉给它吃，没有牛奶给它喝。猫是食肉动物，不应当吃素！

可是，这两天，咪咪比我们都要阔绰了；人才真是可怜虫呢！昨天，我起来相当的早，一开门咪咪骄傲地向我叫了一声，右爪按着个已半死的小老鼠。咪咪的旁边，还放着一大一小的两个死蛙——也是咪咪咬死的，而不屑于去吃，大概死蛙的味道不如老鼠的那么香美。

我怔住了，我须戒酒、戒烟、戒茶，甚至要戒荤，而咪咪——会有两只蛙，一只老鼠作早餐！说不定，它还许已先吃过两三个蚱蜢了呢！

# 一天（节选）

老舍

　　到了家，小猫上了房，初次上房，怎么也下不来了。老田是六十多了，上台阶都发晕，自然婉谢不敏，不敢上墙。就看我的本事了，当仁不让，上墙！敢情事情都并不简单，你看，上到半腰，腿不晓得怎的会打起转来。不是颤而是公然的哆嗦。老田的微笑好像是恶意的，但是我还不能不仗着他扶我一把儿。

　　往常我一叫"球"，小猫就过来用小鼻子闻我，一边闻一边咕噜。上了房的"球"和地上的大不相同了，我越叫"球"，"球"越往后退。我知道，我要是一直的向前赶，"球"会退到房脊那面去，而我将要变成"球"。我的好话说多了，语气还是学着妇女的："来，啊，小球，快来，好宝贝，快吃肝来……"无效！我急了，开始恫吓，没用。

　　磨烦了一点来钟，二姐来了，只叫了一声"球"，"球"并没理我，可是拿我的头作桥，一跳跳到了墙头，然后拿我的脊背当梯子，一直跳到二姐的怀中。

# 家畜中的猫

郑逸梅

在家庭一室内，除安置一些日用品外，壁间悬些书画，窗前列些盆栽，借以点缀环境，生活也就不致单调枯燥了。除此以外，假如再要补充一些活的气氛，那就有红鳞翠鸟的玩意儿。可是仔细一想，鱼之在盎，鸟之在笼，无非供人以耳目的享受，却束缚了鱼和鸟游潜回翔的自由。

我认为家中畜猫，最为可喜。它既能为你消灭鼠患，又能驯服在你足边，甚至投入你的怀抱，那是多么逗人悦爱啊！猫在《诗经》《稗雅》《孔丛子》中，早有记载，当时即有云团、锦带、白凤、乌圆、雪松、蒙贵诸品类，博得好评。考诸异域，在非洲有所谓咖啡族猫，为古埃及人所喜爱，彼邦古代王陵中，尤有以香料制成猫的木乃伊，视为珍宝。这种猫后来流入意大利，并逐渐普及欧洲以及其他国家。

中国人所畜之猫，一般为短毛与长毛两种，而常见的多为短毛，长

毛一名狮子猫，又称波斯猫，毛分白、黑、青、银灰、橙黄，及玳瑁、乳酪等色，尤以玳瑁镶白为上，毵毵披拂，益形其肥硕。

猫的眼睛，具有照相机光圈的作用，能扩大，能缩小，随着日光强弱而转变，自晨至午，由大而小，由午至晚，由小而大。因此有一笑话，某家贫无时计，一日客至，坐有顷，客问主人："现在什么时候了？"主人立唤他的小儿子去看钟，儿子回答说："大钟不在家，小钟上屋去了。"原来他家畜有大小两只猫，把大猫作为大钟，小猫作为小钟，寒伧半露，主客相与大笑。

爱猫的人，遍及国内外，英国且有赛猫会，与赛的多至两万头。发明家牛顿，畜猫两头，特在门上凿有大孔，供大猫出入，并嘱家人再凿一小孔，以供小猫通行，家人对他说："既有大孔，大小猫均无阻碍，何必多此一举。"牛顿才恍然失笑。又电影小明星贾柯根，生平以猫为友，每从摄影场归，诸猫在门前跳跃，表示欢迎主人，贾克柯根引以为乐。在我国清季，李莼客家畜一白猫，名曰小桃，小桃死，他作了挽诗若干首，载在他所著的《越缦堂日记》中。又南社诗人冯心侠，家居太仓，爱猫成癖，一纯白猫，尤善伺人意。一日，白猫失踪，他候至半月不归，即在园中筑一猫亭。以志思念。又梅兰芳家中，畜猫好几只，都为之取名，亲自喂食。梅氏演戏，经常外出，每写家信，除向家中人问好外，往往附一笔，向所畜之猫各问好。又老上海文人孙玉声，他写稿总在夜深人静时，炉香茗熟，文思泉涌，他所畜之猫，好像懂得人事，在这时候，辄蜷卧在他的书桌上，他一手执笔，一手抚着猫的柔毛，也就忘了疲倦和寂寞了。又画家吴湖帆也有猫癖，常为猫摄影。有一只他最喜欢的猫死了，他把这只猫的照片放大，挂在梅景书屋中，以留纪念。又漫画家张振宇给我的信，上端画着一猫，借以投我所好。又塑像家江小鹣，某岁自欧归国，我们邀他参加星社雅集，他抱了一只猫来。摄集体照时，他抱猫端坐其中，对我们说，黑猫是他雕塑的"商标"。

我的猫癖，也不亚于他们，早年畜有一只玳瑁斑的，又有一只是金银眼的，所谓金银眼，就是一睛黄，一睛白。它们很乖巧，偎依着我，逢到寒宵，二猫不约而同，钻进我的被窝，和我同睡。好得我时常用樟脑粉和水为二猫洗澡，毛色洁净，且无蚤虱，一枕黑甜，毫无顾虑的。

# 生活与猫（节选）

靳以

　　再要说到那几只猫了，我不是告诉过你吗，在从前我养过一只美丽的。那一只是不知从何处来了，结局却也是不知向何处去了。只是陪伴了我寂寥的岁月，到了还是无情地逃去了。但是当它在我们的身边时，我的生活是多少为它活动了。它是那么能体贴人的心意，它曾钻在抽屉里，安稳地睡一觉或是守在案上睁着发光的眼睛望着一个人在灯下迅速地挥动着笔尖。但是终于是逃去了，为着什么更大的诱惑呢？没有法子想得到了，只是早就想到了迟早是该逃走的，心也就安下去了。

　　这三只猫呢，那一只大猫暂时是不会逃走的，因为那两个学步的乳猫，她不能舍开她的子女，所以我知道一时间她不会离开了我那空空的家。小猫长大了些起来，那只头上顶了三块浅灰的白猫，两三次几乎为友人抱走了。那都是当我不在家的时候。它的眼睛一只是蓝的，那一只却是灰的。那只小黑猫却冒出了白色的毛尖，像是在雪地里滚了一遭似的。它们已经能用横斜的步子跑着了，有时候在互弄着，有的时候会爬到我的脚下来，咬着我的鞋，好像早有预兆似的，我知道这三只猫仍然要离开我。若是你再来到这里，我就爽快地以之相赠。可是这些无情的物品能和谁永远厮守着呢？

想到住处了，你不是说过吗，若是住在我这灰色的房子中，不到两个月就会疯了的；可是我想到了你说在你的屋后正是一个铁工厂，每天都有打铁的声音的事。在那情况下我的神经会乱起来，我怕一点点嘈闹的声音，（你不记得有时我在深夜把时钟都藏起来）若是我住在你那里，我定然会觉得那些铁锤是打在我的心上、我的身上。我将更很不着安宁，我是一个月也不能忍受下去的。

这时候呢，我却忍受着无形的铁锤在我的心上敲打，这是给我适宜的磨炼，可是你该告诉我，如何我才能忍过去呢？……

# 看猫

西西

## 一

　　朋友有许多年没去旅行了。其他的朋友又到莫斯科，又到东欧去。朋友说：如果出门旅行，谁来照顾我的母亲呢？朋友的母亲年近八十，一直自己煮饭，打理家务；清早起床，下楼买早报回家，中午买菜，跑马的日子，还到投注站买彩票。

　　菜市场多老鼠，马路边摊档和街道两旁的店铺，几乎家家养猫。朋友的母亲经过店铺，和每一只猫打招呼，不见其中一只，就逐家寻找、查问。她平日一人在家，十分寂静，忽然说，养一只猫好吗？事实上，老鼠纵横，虽居楼高十数层，老鼠依然为患，不但吃咬水果饼食，还成家立室，生下一窝窝儿女。

　　朋友上书店买书，经过楼下宠物店，进去逛逛，见一个笼内拥挤着四五只小猫，对它们喵喵一下，其中一只竟站起来回应：喵喵。朋友说：我买这只猫。问明是公猫，才两个月大。连同猫儿一起带进家门的既有藤篮、铁笼、猫砂、胶盆、猫饼干，还有梳子、刷子、眼耳药水等等。胶盆放进浴室，才注满半盆砂，正为如何教导小猫用厕发愁，小猫已经跳进去小便，神情肃穆。完毕，扒砂盖上，干干净净，大家很是惊奇。

猫不肯住铁笼，整夜喵个不停，只好放它自由行动。它却跳上床，睡在朋友脚边，三番四次抱它下地，仍跃上床，床也不矮。用指点它的额头，叫它知难而退，它眯上眼睛，硬是不退。睡时必定用背脊贴住主人身躯，害得朋友一夜不敢大意，怕转身把它压扁。

猫饼干坚硬，需用水浸透，小猫显然吃得辛苦，于是给它吃罐头，水分多，较柔软，它吃得很开胃，一天一天长大！活动时活泼非凡，睡觉时四脚朝天，有趣得很。转眼六个月大，已注射过三次防疫针。经高人指点，认为该接受绝育手术。在电话中和兽医约好，带猫去立刻可以办妥。哪知洋医生把猫一看说道：聪明、可爱，是头女猫。女猫复杂些。得另约一天做手术。

给女猫做手术，要全身麻醉。医生在它背脊注射一针，它立即闭上了眼，助手把猫四脚用绳扎住，它仰卧手术台上，一动不动，只吐出舌头。助手剃去它腹部一些毛，用白布罩住猫，只剩一个四方孔。手术室的小窗随即被关上，一切过程都看不见。带猫回家时，它还没醒，在篮里继续睡了两小时。麻醉药稍过，见到主人，生气极了，胡胡哮叫，然后蹒跚钻到它最爱躲的书橱底下，久久不出来。城市中的家猫，既失去

流浪猫的自由，也被剥夺了恋爱的生活。唯一的补偿大概是不必偷偷觅食，不必生儿育女，饱受流离失所，以及病残无助的痛苦。

最初，猫的名字是猫儿公，既是女猫，改为猫儿妹。一忽儿，长成一只大猫。它身长、手长、脚长、背毛平直，一大片黄色，腹毛卷曲白色，坐着时，胸前卷毛一层层像个法官，又像狮身人面像。它不是波斯猫，是唐猫和波斯猫的混血儿，嘴边有三道黄纹，好像印第安战士的纹面。它还有一大把芦苇开花似的尾巴。整个身体呈四方形，如果站着不动，似乎可以当凳子坐。

谁能解读一只猫？如果健康正常，得好歹和它相处十数年。朋友为此翻看了一些饲养猫只的书、录影带，买齐了八集《我为猫狂》的漫画，留神一切有关猫的东西，但谁又真能够明了它小小的脑子里想些什么。它对一切移动、飞舞、摇晃的事物非常专注，不看东西的时候，仿佛哲人沉思，眼睛充满秘密。它有独立的性格，白天爱睡哪里就到哪里，不爱吃的食物一手打掉。偶然经过，还要再打。朋友喜欢把新写的诗贴在书橱的玻璃上，看看改改。它看了也用手打，这是它的诗评。又喜欢爬书橱，爬到三四格高，攀下几册《庄子》来。

爱睡在电视机上，把尾巴垂在荧幕前，又爱坐在窗台上看雨。最爱吃鸡，那可好，猫最需要的是蛋白质，罐头食物的含量终究不多。它与主人平起平坐，常常跳上橱顶，凭高俯视，不像狗，老要仰头看人。最不爱别人抱它，主人也不例外，它绝对不是宠物。但到了晚上，必定跳上床和主人分享一张阔床。冬天天冷，一有机会就潜进被窝。夏天选最佳的空调位置静坐。不知道火的可怕，一日跃上厨房灶头，看水龙头滴水，用手去打，没想到尾巴摆到背后刚烧沸了的水壶，结果烧焦一撮毛；用鼻子凑近水壶，又烧断两根胡子。

我常常和它玩壁球，把一只乒乓球抛向墙，弹回来，它会跳起来扑打，身手异常敏捷，若比赛足球，自然是首席守门员。它懂游戏规则，一扑到球就放下，甚至用手拨回来给我，自己跑去蹲在一边，等我发球。即使游戏，严肃认真。有时球滚入沙发底下，我问它：波波呢？它就用手去掏。除了乒乓球，最爱纸盒，不管大小，见了就爬进去，表演缩骨杂技。它在纸盒上磨爪，从不抓家具。又特别爱水，一般人说猫儿怕水，这是错觉。它自幼每周洗澡，双手紧扶水盆边，乖乖不动，它只怕呜呜作响的风筒。主人告诉我，一次它半夜跳上床，抚抚它，大吃一惊，头脸四肢皆湿，原来主人忘了倒去浴室中一盆水，它玩了一个痛快。

有位朋友成为它的监护人，常在电话中指导一切。我则有时替它拍照。它不怕强光，眼睛眨也不眨。它只生过一次病，自小就会发出奇异的咕咕声，原来肚内生虫，吃过药完全好了。上过一次公园，起初不敢下草地，像壁虎一般伏在主人胸前，稍后则在树下探索，跳下小渠喝泥水。我有时观察它，对猫认识略多。它没有眉毛，眼睛上也长触须，耳朵里面也长许多毛。它的生活习惯，和人并不一样。我想，人类如果能够多和花鸟虫鱼及小动物接触，大概可以免于沦为万物之霸。

水无有不下，猫无有不上。它的族类不必熟读孟子，天生懂得猫向高处，水向低流。永远奋力跃上最高的橱顶，在门楣上要走钢索的绝技，有一副超猫的神态，当然也不必读尼采。试过攀上浴室的瓷盆，直

起身子照镜子，看看并不惊讶。从两个月大离开猫群，不再和别的猫一起生活，既无友伴，也不复记忆父母兄弟姊妹了吧。在兽医诊所见过狗，这就是它所知道的小动物的世界。

独自一猫养在家里并无问题。朋友早上上班，离家前准备好食物和清水。它见主人穿衣穿鞋，就知道要出外，深情款款依依不舍地望着，直到门终于关上。家中没有闭路电视，不知它如何打发，想象中是到处巡游一番，爬高跳低，吃点食物，喝点水，上上厕所，捉捉蟑螂、飞虫，然后呼呼大睡。听到钥匙开门的声音，它是多么高兴呵，立刻跳到门口的茶几上，探头张望，门一打开，主人回来，它喵喵地欢迎，主人摸摸它的头，问它：今天乖不乖呀，有没有顽皮呀？彼此都充满了欢乐。一猫在家，怕它闹祸，厨房门要关好，窗子不能大开，小刀藏起，电器都熄掉。猫也不闹祸，最多把桌上的铅笔扣下地，把小胶匙或桌子底下的栗子、花生衔到床铺上它固定睡觉的地方。

有的猫吃植物，它没有兴趣。种过猫草给它，长到三寸长剪碎放在碗里，根本不吃。种猫草给猫吃，是帮助它清理肠胃，尤其是长毛猫，总会吞下一些毛进肚子。毛球在肚内打结，是要做手术取出来的，吃点草可以帮它呕出来。它既不吃草，只好天天勤加梳理，把新陈代谢的毛梳落。用密齿梳梳理猫毛，同时可以捉到虱子，无论怎样用梳子梳，用药水洗，虱并不能绝迹，也许，将来的地球必然成为昆虫世界。对于那些参加展览的猫，不会遍体抓痒，也就不得不佩服主人的本领了，过年时家中插些剑兰，它也不去研究，打从花瓶旁经过，绝不会把花瓶打翻。平日打开大门，不敢出外。晚上主人提垃圾到梯间，它可大模大样

出巡了，在走廊上竖起大尾巴散步。起初听到电梯响，立刻逃回家，稍后也不怕，竟在廊上溜达一小时不肯回家。

阿伟到朋友家喝啤酒聊天。半夜起来看电视，它也起来，人看电视它看人。对于不熟悉的陌生人，它先是躲起来，然后远远保持适当的距离，两眼专心注视，那双眼睛随着人的体态而移动，完全像美术馆中那幅著名的微笑女子。世界杯开始，主人每天晚上半夜看球赛，它也不睡啦。平日清晨五时，它在家具之间跳跃做晨运，找到角落的乒乓球，运动一小时。到了七点，主人还不起床，就把脸凑到主人面前，胡子先到，把主人唤醒。半夜陪着主人看世界杯，它一睡睡到十一时起来，伸伸懒腰，不停打呵欠。

挥动一个发光的摇摇，它歪斜着头看，常常把头转一百八十度，幸好不是魔猫。在黑暗中看它，眼睛是荧光绿，拍出来的照片也是绿眼睛，威势慑人。朋友出门一天，考虑三日，该把它托付猫酒店还是留在家中？结果决定由它在生活惯了的环境走动，总比困在笼中好。第一次由朋友上门喂饲食物、换清水、清洁厕所；第二次只远行一天，则准备大量食物和水。旅途中牵肠挂肚，远行归来，连忙赶回家，别来无恙，它也喵喵地叫得特别亲密。

见到猫儿妹可爱，我就想养一只猫，但还是放弃了，因为不知道能照顾它多久，养猫是十年二十年的事，我没有把握陪伴它一生一世。朋友的猫就当自己的猫好了，常常去看看它，和它交朋友。对于猫，我倒可以宽心放怀，相信友谊长存，猫既不嫌我穷、没有学问、年纪渐老、一无所用，也不理我是黑是白。

八十岁的老人身体忽然衰弱下来，神志不清。打开大门下楼，呆坐在管理处。炉灶上烧水，掉头忘记。进浴室跌伤膝盖流血也不知道。不得不住进老人院去了。朋友天天探望她，有时带她回家看猫。猫一直认识她，并不躲避。朋友可以去旅行了吗？报纸上有美洲旅行团的广告。朋友摇摇头；谁天天去探望我的母亲呢？还有，他加多了一句：谁来照顾我的猫呢？

## 二

### 1

猫儿跳到沙发上，用胡子触碰我的脸，对我说：喵。我摸摸它的头，说：乖。

### 2

在窗台上看见鸽子飞过，猫很兴奋，整个身子颤抖，它说：噫，噫。我说：乖，这是鸽子。

### 3

猫在走廊上散步，堂堂皇皇，闯进别人家。小朋友想关上门留它嬉耍！它龇牙咧嘴说：胡，胡。我说：乖，这是邻居。

### 4

朋友来了，猫儿躲起来，又好奇，跑到房门口，蹲着不动。朋友看看它，它伸出舌头说：噗甫，噗甫。我说：乖，这是朋友。

### 5

带猫去注射防疫针，在电梯里、计程车里，它不断惊恐地说：噢呜，噢呜。我说：乖，不怕不怕。在候诊室中，它一声不响，瞪着一只斑斓鹦鹉，站在一个大胡子肩上。

### 6

拨开肚皮上的毛，替猫捉虱子，它不高兴，抗议说：哇哦，哇哦。我说：乖，不要吵。

### 7

替猫洗澡，它手舞足蹈，大叫大闹说：咪呕涡，咪呕涡。我说：乖。不要闹。

### 8

给猫搔痒，它很喜欢，用腹语术说：咕噜咕噜咕噜咕噜……我说：乖，猫乖。

## 三

猫科动物中，狮子合群，老虎独来独往，猎豹兄弟相互为伴，金钱豹是独行侠。家猫似乎喜欢联群结队夜游，不过，一只猫独自住在高楼大厦看来也能适应。朋友每天上班，猫儿在家中生活如何？也许，饲养多一头猫，就有游戏的同伴。于是，增添一名家庭成员。仍到宠物店去浏览，结果带回一头两个月大的混种波斯猫，全身黑毛．带褐纹，又夹

杂灰色，前颈白蒙蒙，四蹄踏雪，因为色彩斑驳，取名花花。

并非养猫去比赛，所以不取纯种。混种波斯猫的优点是鼻子不下陷，故不流眼泪。把猫放在颇宽阔的铁笼内，它就是不愿意，不停头撞手抓摇栏栅，几乎把笼掀翻，小小猫儿，气力不小。大猫自小猫进门，就目不转睛。先是远视，继而趋近，在笼外绕圈徘徊，不时靠到铁栏外探索。于是，用布把笼子罩起来，仿佛人家的鸟笼。

小猫在笼内一夜吵闹碰撞，怕它受伤，只好放它出来。大猫则虎视眈眈，遂把客厅用高达一米的发泡胶板自走廊口分隔两半。根本没用，身手不凡的大猫一跃而过，直逼小动物。小猫躲到木柜底下，大猫也钻进去，只听得小猫胡胡哮叫。赶忙把大猫抱出来，放在走廊的另一侧，严加看守。

只养一头猫，大抵仅能认识猫的一半个性，对主人既友善又温驯。可是一旦出现了另一头动物，况且又是猫，原形毕露。有高人指导，养猫最适宜早做决定，一开始就养两头；若是中途增添，可能有麻烦。旧猫对新来的猫会充满敌意，以为外来者入侵它的地盘，争夺它王者的地位，分享主人的宠爱。

大猫对小猫的出现，的确又惊讶又不安，觉也不睡，东西也不爱吃，什么都不做，只围着小猫。小猫则安然走动吃食，只要大猫不逼近，自顾自游戏。这样子维持了两个星期。一开始，已经把小猫介绍给大猫认识，说这是小妹妹，要好好待它，是特别带回来和你一起游戏的，不可以欺侮、恐吓。若是欺侮它，就把你赶走。实在可怜，大猫的生活中无端起了波涛，还不时被主人斥喝。

幸而二猫终于和平相处。的确想过，如果二猫水火不相容，留下大猫还是小猫？大猫养了一年多，有感情，只是天性孤僻；但小猫有趣，是个乐天派。饲养两头猫，才明白猫各性情。原来大猫不合群，虽有猫友在家，仍是独来独往，跳到橱顶。小猫却活泼好动，性情随和，没多久，就把大猫当作母亲，老是跟着，做大猫爱做的事，睡大猫爱睡的地方。可是大猫却不理它，总是找偏僻的地方钻，小猫居然也爬到橱顶，睡在一旁，大猫显然有点生气，但也没办法。

以为大猫讨厌小猫，原来看错了。大猫不怕水，替它洗澡，它就乖乖坐在盆中，前足按盆边，它不怕水，怕的是风筒。小猫呢，替它洗澡，就像打仗，吵闹挣扎，大叫大嚷，杀猪一般。它的叫声一定有特殊的信息传达，以致大猫听见了，就在浴室门外喵喵叫。这情形，屡试不爽，只要大猫听到小猫拼命喊叫，如剪指甲、捉虱子，就跟过来对主人呜呜叫。有一次，朋友故意做打花花状，让它喊叫，大猫立刻跑来，胡噢胡噢叫，它是抗议，维护小猫，仿佛它是族长。

大猫是混种长毛猫，杏眼圆脸，眉清目秀，有王者的风范；小猫橄榄脸，眼似白果，五官挤在一堆，十足芝麻绿豆官。按说，波斯猫有贵族气派，小花没有，老是脏兮兮的样子，懒于洗脸梳毛，上厕所不懂扒砂盖上泄物，教来教去不会，也不听。大猫见了就皱眉，总是替它整理砂盆，非常干净，自己花许多时间梳理，一尘不染。

小猫长到六个月，也去做绝育手术。这次的医生，不用把纱布贴在腹部，而是用一条绷带围着腰扎住，绕到背脊绑个蝴蝶结，整只猫像件节日的礼物。疤痕很快愈合，也不用上诊所拆线。

猫儿渐渐都长大。大猫七岁，小猫六岁，性情都出来。大猫愈来愈老成持重，身手轻盈敏捷，高来高去；小猫贪吃，毛又特长，显得肥头胖耳，很高的橱顶，就不上去了。老像六个月大的样子，爱游戏，永不言倦，宁可不睡觉，玩了再说。主人夜睡，它也不眠，累得睁不开眼仍硬撑，白天睡得死猪一般。

小猫初来，小如熨斗，大猫已如吸尘机大小，数年后大猫体积依旧，小猫长得大如横放的水桶，摊在地上，占三块一尺见方地板。一副天不怕地不怕的样子，有时和大猫玩耍摔跤，勇往直前，从不认输。虽然不敌，跌倒再爬起来对峙，总是大猫懒得再斗，索然无味走开。大战时，常遭主人喝止，叮嘱大猫不可打小猫，因为它一不高兴就一巴掌扫过去。其实，小猫很霸道，每天要上演几次争座位，是争柜顶、窗台、冰箱顶，迟一步者向隅。

对于吃食，大猫斯文，仪态万千，坐下来，卷起尾巴，细细嚼、慢慢咽；小猫嘴馋，两盘食物，先吃自己的一半，然后再去吃另一盘，回来再吃自己的一份。又常常在大猫背后干扰、守候，一旦有机会，就去抢食，主人不得不把它抱开。大猫试过施施然才来就食，哪知食盘已空空如也，倒是一场教训。

都不喜欢让人梳毛捉虱，大猫不太介意，小猫则一见水勺，就逃之夭夭。但又爱玩，听得叮当球响，把一切忘记，又跑出来，被逮住了。虽是健忘，熟人都认得。好管闲事，本来大胆，可能受大猫影响，有何风吹草动，就躲起来，但又不舍得放弃，就躲在桌下或门后张看。

也不爱人抱，一抱就挣扎。挣不脱只好不动，眼珠子也不转，呆若木鸡，并不瞧人。主人放手，它就纵身一跃，扬长而去。非常顽皮，爱攀窗帘，也在门楣上走钢索般来回。主人买了一幅地毡，刚一挂，小猫就爬了上去。从此，地毡被卷起来束之高阁。

有一次，主人回家，遍呼花花不应，依平日习惯，它早跳到门口迎接。到处找不到，问大猫则一脸茫然。忽见一团黑墨墨东西在窗外抓住窗栏，原来是小猫。幸而它奋力朝上爬，朋友才把它从顶格横窗按住，拖回室内，差点变成了高楼上的飞猫。

也许猫罐头吃多了，小猫患肾病，每五分钟上一次砂盆，无法小便，又到处蹲在容器上：纸盆、胶盘、空盆，自己也不知为什么，又不懂得说话。于是去看医生，前前后后，医了半年，不肯吃药，所以无效。从红磡、黄埔、何文田、胜利道、太平道，直到过海上跑马地，遍访港九名兽医。没有一位名医能令它吃下药丸，不论用针筒还是研成粉，全吐出来，如螃蟹，一嘴泡沫。见到兽医喂药，手足并抓，张口就咬，咬遍名医无敌手。还是一位护理员有办法，指导用蜜糖拌药粉，涂在嘴边，它自然舐，也就把药舐食了。

小小猫儿，也受许多苦。病的时候，要探体温、吃药，做超音波扫描。一次探热，针竟折断，留下半截在肚内，立刻全身麻醉取出来。以后只能吃低镁餐猫粮。对于主人，小猫从不出爪，只想伺机逃跑；大猫偶然会出错，比如捉虱时，梳到肚皮，把黑卵有力梳出，它就反口一咬，伸爪就抓，有时在主人手臂划一道痕，大概猫也知错，立刻伸舌来舐，以补过失。

大猫较静，小猫好动，最爱翻筋斗，主人吹口哨，它就翻，一连

六七个筋斗，翻过来翻过去，都是侧卧地面，头先贴地，身子一挺，就翻了过去，左一个右一个，真可以到马戏团表演了。又有一种本领，是推椅子，前足按在小靠背椅上，然后用爪轮流抓椅背。小椅子就朝前移，一把椅子，可以从窗口推到门口，足足四五米路程，真是奇观。

买睡床给猫是没有用的，漂亮帐幕、舒适的褥篮都不睡，自己会找奇怪的地方。种猫草也没有用，不吃就不吃。两只猫都不看电影，对荧幕上的花豹、老虎不瞅不睬，鱼鸟蜘蛛全无感觉，可是家中若有苍蝇、蟑螂，则杀无赦，飞身追扑，直至大功告成。鲜花有时去嗅嗅，花盆的水也喝喝。常常站在窗台上，看楼下平台上走动的鸡和狗，若有飞鸟经过，浑身发抖，还回头喵喵叫告诉主人。

大猫爱冷眼旁观，觉得一切都是小玩意，它是思想家，也会发表自己的意见。它爱睡沙发上的椅枕，主人坐在沙发上，它会跳上茶几，绕个圈来到主人身边，徘徊、叫唤，主人就明白，让开。它走上椅枕，先踩一遍，然后坐下，洗脸洗手，再躺下来，闭上眼。过一阵，头埋在手中，呼呼大睡。

小猫平日爱仰睡，四脚朝天，露出肚腹白毛。若是主人坐在沙发上，它也上来了，走进主人怀抱，也是先踩踏一遍，然后躺下来，趴在主人的胸前睡觉。晚上也一样，睡在主人胸口，赶之不去，看猫睡觉，尤其是呼呼大睡的猫，伸开手脚，或蜷作一团，只觉世间哪来那么多物累，一切无非浮云。

# 写给我们家猫咪的四封信

柏杨

## 一

熊熊：

告诉你不要上饭桌，你偏上饭桌；告诉你不要把屁股坐在电暖炉上，你偏把屁股坐在电暖炉上——这就是那一次你被烫得哇的一声叫起来的原因。真的，你一定要听话，每次你过门槛的时候，我总是跺脚催你快走。你嫌我烦，有时还回头咬我，结果终于被门夹住了尾巴。你处处都使爸爸担心。

二

熊熊：

　　你真是不可爱，想起来就生气。我从来没有见过比猫更自命不凡的动物。

　　你总是往外跑，一跑就不知去向。害得我和妈妈楼上楼下找你，邻居们听到我们"熊熊，熊熊！"的呼叫声音，都觉得心里急起来，只有你无动于衷。有时悄悄回来，却藏在柜子里睡觉。连一声都不回应，不屑理会养育你的家人。在翻箱倒柜找到你时，你瞪着两只无辜的眼睛。好像我们着急是活该，恨不得揍你一顿。你可要切记，以后爸爸叫你，你一定要回答一声"喵"！

三

熊熊：

　　把你从宠物店抱回来，送给妈妈做生日礼物时，你生下才一个多月，一点点大，放到手心上，真是小可怜。现在，你已是一只大猫了，你最使人高兴的是，你第一天就知道在指定的盆子里拉大小便，从不乱来，真叫天纵英明。可是你使人受不了的事情也真多，不明白你为什么不喝牛奶、不喝水，却蹲在澡盆里干望着水龙头！也不明白一旦不合口味，你宁可饿得喵喵一天，也不将就吃一口？猫，生下来就是要抓老鼠的，你自到爸爸家，将要四年，可抓过一只老鼠？固然，家里没有老鼠，但蟑螂也没抓几只，你怎么能这么大牌！

## 四

熊熊：

　　你来的时候，鼻子是烂的，而且不久就发现你的后腿可能受过伤，两只后爪缩不回去，可怜的哑巴儿，你有口难言，不能告诉我们怎么受的伤，只知道当我们不小心碰你后腿后背时，你就会惊恐地猛咬一口。时间使你逐渐相信我们不会伤害你，但你仍忍不住一震，使我们难过。熊熊，我们爱你，可惜你既听不懂，又看不懂，但相信你会感觉出来。也希望你快乐，假如你真的非抓老鼠不快乐的话，爸爸就去捉几只老鼠放到家里！

# 爱猫

周瘦鹃

猫是一种最驯良的家畜，也是家庭中一种绝妙的点缀品，旧时闺中人引为良伴，不单是用以捕鼠而已。我家原有一头玳瑁猫，已畜有三年之久，善捕鼠，并不偷食，便溺也有定处，所以一家上下都爱它。不料后来却变了，整天懒得动弹，常在灶上打盹，见了东西就偷去吃；便溺也不再认定一处，并且常把脚爪乱抓地毯和椅垫，使我非常痛恨，但也无可奈何。不料一天早上，却发现它死在园子里了，也不知道它是怎么死的。幸而它已生下了两头小猫，总算没有绝嗣，差无后顾之虑。我们送掉了一头，留下了一头，毛片火黄夹着深黑色，腹部和四脚都作白色，比它母亲生得更美丽，也可算得是移人尤物了。

吾国文人墨客，大都爱猫，因此诗词中常有咏叹之作。清代词人钱葆酚调寄《雪狮儿》咏猫，遍征词友和韵，名家如朱竹垞、吴谷人、厉樊榭等都有和作；朱氏三阕，雅韵欲流，可称狸奴知己。其一云：

吴盐几两，聘取狸奴，浴蚕时候。锦带无痕，搁絮堆绵生就。诗人黄九，也不惜买鱼穿柳。偏爱住戎葵石畔，牡丹花后。午梦初回晴昼，敛双晴乍竖，困眠还又。惊起藤墩，子母相持良久。鹦哥来否？若几度春闺停绣。重帘逗，便请炉边叉手。

其二云：

胜酥入雪，谁向人前，不仁呼汝？永日重阶，恒把子来潜数。痴儿骏女，且莫漫彩丝牵住。一任却食鱼捕雀，顾蜂窥鼠。百尺红墙能度，问檀郎谢媛，春眠何处？金缕鞋边，惯是双瞳偏注。玉人回步，须听取殷勤分付。空房暮，但唤衔蝉休误。

又陈其年《垂丝钓》一云：

房栊潇洒，狸奴嬉戏檐下。睡熟蝶裙儿，皱绡衩。梅已谢，撒粉英一把。将伊惹。正风光艳冶。寻春逐队，小楼窜响鸳瓦。花娇柳姹，向画廊眠藉。低撼轻红架，鹦鹉怕唤玉郎悄打。

董舜民《玉团儿》云：

深闺驯绕闲时节，卧花茵，香团白雪。爪住湘裙，回身欲捕，绣成双蝶。春来更惹人怜惜，怪无端鱼羹虚设。暗响金铃，乱翻鸳瓦，把人抛撇。

刘醇甫《临江仙》云：

绣倦春闺谁伴取？红毹日暖成堆。炉边叉手任相猜。金猊从唤住，
玉虎罢牵回。刚是牡丹开到午，亭阴尽好徘徊。几番移梦下妆台。买鱼
穿柳去。戏蝶踏花来。

清词丽句，足为狸奴生色。

不但我国文人爱猫，就是西方文坛名流，也有好多人都有猫癖的；
如法国文豪雨果（V.Hugo），要是不见他的爱猫在房间里时，心中就会
郁郁不乐，若有所失。小说家柯贝（F.Coppee），更如痴如醉地爱着猫，
连年搜罗名种，不遗余力，有几头波斯种的，名贵非常。小说家戈缔叶
（Gautier），也豢养着好多头猫，无一不爱，都给它们题了东方式的名
儿，如茶比德、左培玛等；有一头雌猫，用埃及女王克丽巴德兰的名儿
称呼它；另有一头最美的，生着红鼻蓝眼，平日最为钟爱，不论到哪里
去，总带着同行，他称之为西菲尔太太，原来西菲尔是他自己的名儿，
简直当它像爱妻般看待了。英国文坛上，也有爱猫的名流，如小说家兼
诗人司各特（W. Scott），本来是爱狗成癖而并不爱猫的，到了晚年，却
来了个转变，对于猫引起极大的好感。他曾在文章中写着："我在年龄
上最大的进步，就是发现我爱着一头猫；这畜生本来是我所憎恶的。"
诗人考伯（Cowper）每在家里时，他所爱的一头小猫总是厮守在他的身
旁，他曾写信给朋友说："这是蒙着猫皮的一头最灵敏的畜生。"其他如
约翰生（O. Johnson）、白朗（O. M.Brown）、华尔泊（H.Walpole）诸

名作家，也都是有名的爱猫者，平日间是与猫为友，非猫不欢的。

首都名画家曹克家同志，是一位画猫的专家，在他彩笔上产生出来的大猫小猫，不论形态神情，都好像是活的一样。一九六一年间，他在苏州待了好几个月，给刺绣工场画了不少的猫，也收了几个高徒。我们只要看了双面绣绣出来的那些活灵活现的猫，就可知道这是曹克家画笔上的产物，而过渡到"针神"们的金针上去的。

# 小猫

孙福熙

## （萤火之一）

没有走进卫夫人家门口。一只猫迎出来了。我很认识。这是ㄇㄧㄇㄧ，不过它不像去年的孩子气，而且它已有两个小孩带领在后面，非是去年所有的。

我很清楚地记得，当去年我第一次到这里来时，卫夫人家有两只小猫，一只黑的叫ㄈㄢㄈㄢ，一只就是ㄇㄧㄇㄧ。两只同样的活泼而且时常相互追赶的。

ㄇㄧㄇㄧ是灰色而有虎斑的，背部深灰，渐下渐淡，直至腹部是洁白的。鼻与口上也是白的，只有鼻尖上一点桃红，当ㄈㄢㄈㄢ走近它来时，它常用这鼻尖去嗅的。清秀的胡须张在微笑的口外，真的，我屡屡地看到它有少女的微笑。然而每当屋檐有麻雀飞来时，它就放下与ㄈㄢ

ㄈㄢ的游嬉，立刻轻步跳到屋外，张大眼睛，昂着头，向屋角眺望。它的毛全竖起的了，所以身体非常之大，而粗大的尾巴一起一伏地波动。有一天，它坐在一块悬空的界石上，不知它怎样地跳上去的。石头很窄，不比它的屁股大，它却从容地坐着，尾巴蟠过来，一直包住一只前脚，而一只脚上下前后地摸在头上洗脸。卫夫人叫我来看，后来许多人在看它，我还画了它的略形。它的勇武而且活泼都在我的眼前。

现在它是有两个小孩了。它对我十分地表示认识我的样子，柔和地叫着走近来，它该是在道一年的长别并且介绍给我它的孩子们。我俯下去轻柔地抚它，它更亲切地叫。两只小猫跟了母亲走过来，当我伸手想抚它们的时候，它们都逃避开去，不让我触着。虽然那时它们的母亲尽管驯服地叫，我十分的相信，这是它在告诉它的女儿，要它们不必怕，我是不会害它们的。

当我走进室内时，它带领了它们也走进来了！

一天之后，我就变成这两只小猫的熟客了。它们让我抚弄而且毫无躲避地让我观察它们相互游嬉。

它们中一只的毛色完全与母亲的相同。据卫夫人对邻人说，它一定是个妹妹，问她是什么缘故，她说，"你看它的面孔较尖就可知道了。"我也相信，因为它的身材较那一只为秀丽，而行为又较细致，它的哥哥呢，眼中发出光芒，身体也要比它高一分，而相打的时候总是恃强的。它的毛色白上铺黑，就是我们称为乌云盖雪的。它大概是像我不曾见过的它的父亲的。

它们整天的有叫声：高兴的时候，两者相打的叫声；饿了，讨食的

叫声；吃饱了，想睡的叫声；睡醒了，照例是怨恨谁使它们睡或使它们醒似的非叫不可的；一些都没有什么的时候，它们看了母亲太安静了，连头连脚地投到母亲怀里，含了乳头地叫。小猫是"ㄏㄧㄠㄏㄧㄠ"地叫，母猫呢，"ㄍㄨ……ㄇㄧㄠ"地叫，大概是在申斥它们，然而结果还是安慰它们的。

我听了它们的叫声实在想说出来：我是烦扰极了，然而每当到外面散步时，似乎觉得它们的叫声于我是不可少的了。

这两个小猫儿常常相打，因为相打时混在一起，我不易记清，所以暗暗地在心中给它们起了名字，大的叫得云儿，小的有虎纹的是纹姑。

有一天，纹姑被云儿打倒了，脚向上地在叫，云儿一见母亲走近来，立刻放下就跑，而娇小的纹姑"随手"拖住母亲腹下的乳就喝，没有注意，竟忘记放下倒向天上的几只脚。它的哥哥见它喝奶，妒忌了，连忙跑回来争夺；它的母亲看了小女孩因被侮而喝奶以求补偿，可怜又可爱，所以不知不觉地流露出它的感情，转动起尾巴来了。云儿见了立即扑过来，它忘记了来争爱的原意，一家快活地过去。

同居在一室中的小狗ㄉㄧㄉㄧ也是我的老友，它的身材虽小而年龄是不小的了，然而它还保持它的孩气：卫夫人放汤在地上，它走来一尝，每回汤中只有面包与蔬菜的时候，它立刻停吃走开了，卫夫人照例去开门而且假装去叫邻家的狗的样子说"ㄅㄚㄊㄛ来吃，反直ㄉㄧㄉㄧ不要吃。"于是它起劲地吃，一直到一些都没有余剩了为止。

这样的ㄉㄧㄉㄧ看见猫的母子的相爱岂有不动心的。然而它没有母亲爱它，也没有子女可爱。当它想亲近拢去的时候，小猫们怕着逃避，母猫钉了眼睛预备作战了，于是它关上心门缓缓地踱开了。

卫夫人家还有两只海猪，也养在这室内的。所谓猪者，还没有小兔的大，尖嘴，高背脊与润泽的毛都很像兔，不过耳朵并不长，与鼠是差不多的。

它们虽小却很能捕鼠，它们只啮死老鼠而不如猫的捉来吃的，捉鼠比猫更能干，所以人家要养它。

它们白天也走出来，从这橱底下跑出来，似乎不肯让人看见的，立刻跑到别的橱底下。它们两只不肯分离片刻，所以这样像乱箭地出来时也是先后跟随的。偶然两者不在近处了，它们各各尖利地叫喊，到了相遇的时候，它们还有一阵相互安慰的叫声哩。

在它们飞剑似的出来的路中被小猫看见，快活的小猫虽然也胆小，刺起全身的毛，身子缩在脚后面，想留难它们。然而海猪们是永不站住的，它们想一想自己是失了母亲的小孩，所以巴不得早些逃过了。

小猫最喜欢母亲带它们到院中来，当它们第一次到露天中来的时候，看到红红的光芒必定是惊奇的，它们细而垂直的眸子中深刻新鲜的这大世界的印象。要是它们知道：对面又高又大可怕得很的大堆就叫得猫山，他们不知将何等快活哩！

有一次，纹姑见到阶前的水盆，就放口去饮了。口还未到水盆，看见盆中似乎是它哥哥近来同它斗嘴，它高兴而又急了，它永远竖起的尾巴一上一下地跳动起来时，它吓着，以为盆中的猫是在它后面了，于是急忙仰头而且转过来，只见一片干的牵牛花叶，因它的尾巴的拨动而发出声音。它十分高兴地与这片叶戏弄了。

　　它们每天每一分钟有种种新鲜的或故旧的游嬉，一直到了太阳去睡觉时为止，它们才肯闭上眼睛在母亲旁边睡觉。

　　我凝想，我代小猫们珍惜它们的时间。去年的∏Ｉ∏Ｉ同它们是一样的，现在，一变而贤良到如此，以前是竖起的尾巴好像已经开放的花朵的俯下，好像满缀果实的树枝的倒挂了。小猫们到了明年也将如∏Ｉ∏Ｉ的贤良而且领了它们的小孩来介绍给我，只要我自己没有什么变化好了。


　　Madame Vicard很爱猫，虽然许多人因此讥笑他。我哪里敢算是懂猫的，但因他的爱好而引起我对于猫的观察，不仅使我的感觉锐敏了些，而且引起我对于猫的同情。我很感谢Madame Vicard。

# 懒猫百态

颜元叔

乱世之人不如狗；治世之人，却也不如猫。此话怎讲，有猫为证。大概两三年前，我推开侧门，踏入后院——所谓后院，不过是厨房与厕所挤剩的小过道而已——骇然发现垃圾桶里，死了一头大猫；后半身挂在桶外，头及前躯完全栽入垃圾里。是谁胆敢把死猫抛入我家后院，而且武功如此，竟准确投入一尺见方的垃圾桶里！我正在诧异，却见死猫的后脚爪在桶壁上抓爬了几下。还没有死？赶快营救，否则要给垃圾闷死！我拾起脚边半截晒衣竹竿，往猫儿的胯下一拨，想把它从垃圾桶里拨出来；说时迟，那时快，霎时死猫变活猫，活猫变凶猫，但见虎头蛇腰，连带各式垃圾，从桶内一喷而出，转眼便上了墙头，上了屋顶，上了屋脊；回过头来，它凶狠俯瞰着我，而后，"猫武"一声，以鄙夷的虎步没入千檐万瓦的苍茫世界。

原来它不是死猫，是活猫，不但是活猫，更是野猫，趁人不备，溜

进我家后院，单凭自己的本事，单凭自己的机智，"荒野求生"，果腹充饥，我有些歉意，难道垃圾也不分它一杯羹？台湾富庶，有的是垃圾；我家虽不富庶，养活一头猫的垃圾还不缺。欢迎你随时光临——我向消失在苍茫世界的"瓦上飞"，无声地喃喃着；却也无法忘记它临去时那一眼凶光，那挑战性的一声"猫武"。后来，太太也到了后院，大概发现我仰望云天，一副戆态，问我是怎么搞的。我说，"我刚才赶走了一头野猫，它好凶啊！"我是憎恶还是赞美呢？连自己也莫名其妙。想象那千檐万瓦的苍茫世界，想象那矫健的活力，想象那无声的跳跃，想象那坚强的求生意志，想象那独来独往的凌厉骨气……怎么啦，我大概是武侠片看得太多了吧。

　　倒不是标准丈夫，不过假日我喜欢陪太太上菜市场。我们上的菜市场，不是什么"顶呱呱"之类的不太超级的超级市场——上超级市场，必须先住进超级公寓。我们住的公教宿舍，二十平有余，三十平不足，充其量只能上南门市场，大多数时节，只在附近的小摊贩上，买点什么变色的排骨，眼睛泛白的鱼，阴沟水泡过的青菜，皮厚肉少包开不包退的西瓜等等。我喜欢游览菜市场的风光，熙熙攘攘的人，层层叠叠的菜，剥虾壳的敏捷手指，手起刀落的砍肉技术……此外，在菜篮逐渐加重之际，也替太太分担一点。（假使菜篮不重，我是宁可把两手交在背后，作"士大夫"状，笑看太太的粗手指捏遍每根豆角，秃指甲敲响成排的西瓜。）上菜场是件愉快的事：目击台湾的富庶，甚至流冲到三四流的市场，心中也觉得结实。然而，唯一不太愉快的事，便是每到人吃的菜买齐，太太总不忘记踅至鱼摊，为猫儿买一条臭黄鱼，或者讨一小袋免费的鱼内脏，因为，那头当年的野猫，已经登堂入室变成家猫，家猫变成驯猫，驯猫变成懒猫，懒猫变得贪猫，它已经到了非鱼不食的境界，若无鱼，你可在它的喵喵喵抗议声中，依稀听出："长铗归来乎，食无鱼。"

究竟那头野猫，经由何种进化过程，终至演变成舍下的座上宾，我也不甚了了。反正，如今每当饭菜上桌，它若在室外，必定双爪抓住纱门，拍得门框砰砰作响；它若已在室内，礼貌的时候，它在桌下左盘右旋，不耐烦的时候，孟尝君尚未上桌，它已高踞一椅，前爪往桌沿一搭，睁开那难得睁开的眼睛，向菜碗视察一通，若是发现鱼虾缺货，则突然落席而去。当然，好心的主妇（其实，我太太绝非猫迷），必定为懒猫准备一碗"鱼腥饭"——此饭似乎尚未列入粤菜馆的"群饭"之中，可惜——让它闲逸、完全、尽情地吃了；然后，它就去躺在榕树的浓荫之中，整条背摊平在凉爽的水门汀上，整个肚皮摊开在微微的风里；你走过去，用鞋底或脚底轻轻蹂踏它的腹部，它连眼皮也懒得一提，只是轻哼着："妙呀，妙呀，妙呀。"

台湾的冬天虽不成其为冬天，要冷的时候也令你渴求冬天里的太阳。冬天一家之内，何处最暖？最暖之处，当数电视机上。为何电视机上最暖？电视机若不最暖，为何懒猫老是蜷睡其上？只要我们一开电视机，它就往电视机上一跳，我们看电视，它蜷成一团，睡得甜，睡得久，睡得超然。任你中东大战，任你水门事件，任你审判贪污，如乌来瀑布从电视泻出，它合眼长眠，不抖动一根睫毛——有时，你自己也想到电视机之上，超然睡他一睡。一头猫的睡劲，真如长江大河，气势磅礴。猫儿白天睡觉，理所当然；可是，这匹懒猫之贪睡，白日与黑夜不

分。人未上床，它已就寝；人已起床，它尚昏睡未醒；人们忙于谋生，它在睡眠中消化食物。除非肚里唱空城计，被诸葛亮的男高音唤醒，否则它是一径滞留梦乡，了无归意。人在饱餐之后，得散散步，消化消化，可是它是兽，哪懂得人间道理："饭后百步走，活到九十九。"它的卧榻随季节而更换地点——正如王公将相之有春宫、夏宫、秋宫、冬宫。冬天，懒猫的寝宫是在电视机上，固不待言；春天，它便移榻藤椅；秋天，沙发是它的龙床；如今盛夏当头，它的寝宫移到磨石地上。人之睡眠，春夏秋冬，只是一张床，就算冬天加毛毯，夏天铺草席，比较懒猫之善于调摄，相去千里。

至若猫的睡姿，更是多样，稀奇古怪，无所不有。我曾经仔细观察过这头懒猫的睡眠方式，不下百余种。兹举几种最特殊者，以为例证。春夏之交，懒猫睡在沙发上，正好我的西服上装也放在沙发，那懒猫既以沙发为床，复以我的上装为褥，最荒唐的是它把整个头部，塞入上装的口袋里！究竟它是嫌我家空气不好，以口袋为防毒面具？还是以口袋为眼罩，以免强光刺眼，骚扰它的瞌睡？我没有来得及问清楚，但觉一时气笑不得，一声吆喝，它四腿爬起来就奔，结果头部更插进口袋，几乎被口袋闷死。月前初夏小施威力，太阳晒得头皮细胞跳舞；中午我自校返家午餐，发现懒猫猫在墙脚下，那地方晒不到太阳，由于浇花之故，地上经常阴湿，当然是避暑的好地方。但是最令人赞叹的是，那懒猫把背脊全部嵌入墙与地的直角中，于是，左边两只腿贴在墙上，右边两只腿贴在地上，头部上仰，颈毛全露，连尾巴也平镶在墙地之间。这种因地制宜，把自然条件利用到了化境。我看得发了呆，一时忘了自己的全身大汗。移情作用令我也分享了猫儿的凉爽。

猫儿原是捉老鼠的，猫鼠之间，本有天生敌意。然而，江山易改，本性亦不准移。曾几何时，豢养之下，懒猫已经懒得与鼠类为敌。它不仅不捉老鼠，甚至见了老鼠就逃，颇似当年的军阀碰上日本兵。一天晚上，厨房里出现一只老鼠，中等大小，并不可怕。我把厨房门窗先关上，请太太把懒猫从电视机上抱下来，往厨房一丢，立即关上门，站在外面静静等着。等了半天，里面毫无动静，我开门一看，懒猫已经睡在瓷砖的灶台，头搁在煤气炉上。一气之下，我冲了进去，拿起棒子先将猫打起，又向柜下罐后乱戳一阵，终于把老鼠赶了出来，乱跳乱闯；这时，那懒猫若还有一点猫性，应该乘机跳扑过去，替我把老鼠捉住。谁知它竟然狗急跳墙，跳上碗柜，然后在那上面，虎虎喷气，作防卫态势；待我把老鼠赶上柜顶，懒猫从柜顶一跃而下，钻入柜底，依旧虎虎喷气，作防卫态势。我一气之下，不打老鼠，反过头来打猫；太太在门外大概听到猫儿悲鸣，推门进来劝架；于是，猫鼠联袂趁隙闯出，落荒而逃。所谓养猫千日，用猫一时；养得太久，居然不堪一用。

然而，在太太的仁慈之下，懒猫又回到我们的家。它的体重继续增加，皮毛油光闪闪，我怕有一天会长得大如猛虎——只怕是没有猛虎的牙齿，咬不碎一根骨头，只能吃太太手中的"鱼腥饭"而已。无论我多愤怒回家或欢欣回家，无论我是仰天长啸或埋头沉思，那懒猫总是一径睡在树荫下，睡得那么超然，睡得那么宁谧！也许，它已成佛作祖，置身攘攘红尘之外；也许它已获得浮生要诀：那便是"多吃多睡"，因此，"无忧无虑"。

# 养猫

冰心

林斤澜同志来信叫我谈养猫，但我并没有养猫。

咪咪是我的小女儿吴青养的。不过在选猫时我参加了意见。

当三只小猫都抱过来放在我的书桌上时，我一眼就看上了它！它一身雪白，只有一条黑尾巴和背上的两块黑点。

我说：这猫的毛色有名堂，叫作"鞭打绣球"。我女儿高兴地笑了说：那就要它吧。一面把它的姐妹送走了。

后来夏衍同志给我看一本关于猫的书，上面说白猫有一条黑尾巴，身上有黑点的，叫作"挂印拖枪"。这说法似乎更堂皇一些。

我自己行动不便，咪咪的喂养和调理，都由我的小女儿吴青和她的爱人陈恕来做。他们亲昵地称它为"我们的小儿子"。特别是吴青，一下班回来，进门就问：我的小儿子呢？

他们天天给它买鱼拌饭吃，有时还加上胡萝卜丝之类的蔬菜。天天早上还带它下楼去吃一点青草。还常常给它洗澡。咪咪的毛很长，洗完用大毛巾擦完，还得用吹风机吹干，洗一次澡总得用半天工夫。

咪咪当然对它的爸爸妈妈更亲热一些，当他们备课时，它就蜷伏在他们的怀里或书桌上，但当它爸爸妈妈上班的时候，它也会跑到我的屋里，在我床尾叠起的被子上，闻来闻去，然后就躺在上面睡觉，有时会跳上我的照满阳光的书桌上，滚来滚去，还仰卧着用前爪来逗我。

只有在晚上大家看电视时，只要吴青把它往我怀里一推，它就会乖乖地蜷成一团，一声不响地睡着，直到它妈妈来把它抱走。

咪咪还有点"人来疯"，它特别喜欢客人，客人来了，它总在桌上的茶杯和点心之间走来走去。客人要和我合影时，陈恕也总爱把它摆在我们中间。因此咪咪的相片，比我们家第三代的孩子都多！

咪咪现在四岁多了。听说猫的寿命一般可以活到十五六岁。我想它会比我活得长久。

# 明子与咪子

冰心

明子的真名不叫明子，他姓徐，叫徐明。咪子的真名也不叫咪子，它是一只猫，叫咪咪。明子和咪子是奶奶给他们的爱称。

咪子是明子给奶奶抱来的。奶奶退休后，闲多了，不但要明子和爸爸每天来吃晚饭——因明子的妈妈得到"交换学者"的奖学金，到加拿大进修一年——还要找些别的事做，像在阳台上种些花草什么的，因此明子就想劝奶奶养猫。

明子最爱猫了，但是妈妈不爱猫，说：猫不像狗，它到处爬，到处跳。一会上桌，一会上床，太脏了。无论明子怎样央告，妈妈总是不肯。如今妈妈出国了，楼上的陈伯伯——爸爸的同事——他家又有了三只小猫，长毛的，个个像毛茸茸的小花毛团似的，可爱极了。大家都说陈伯伯太爱猫了，送走一只猫，就像嫁出去一个女儿似的，一定要找一个可靠的人家，他才肯给。明子想，说是我奶奶要，他不会不答应吧，我去试试看。

　　第二天一放学，明子就上楼对陈伯伯赔笑说："我奶奶您认识吧？她最爱猫了，她退休了闲得慌，想要您一只小猫做伴，行不行？"陈伯伯看着他笑说："你奶奶要，可以抱一只去……"明子又赔笑说："我把三只都抱去给奶奶看，即刻就送回来。"陈伯伯只好让他把三只小猫都放进书包里，他挎上书包，骑上车飞快地到了奶奶家。

　　奶奶家住得不远，骑车三分钟就到了，奶奶还给明子一大把门的钥匙，可以一直进去。明子兴冲冲地进去时，奶奶正在给妈妈写信呢。明子从书包里把小猫一只一只放在书桌上，它们一边低头闻着，一边柔软轻巧地在笔筒、茶杯和台灯中间穿走。其中有一只是全白的，只有尾巴是黑的，背上还有一块小黑点。就是它最活泼了。一上来就爬到奶奶手边，伸出前爪去挠那支正在摆动着的笔。奶奶一面挥手说："去！去！"抬起头来一看，却笑了说："这只猫有名堂。这黑尾巴是条鞭子，那一块黑点是个绣球。这叫'鞭打绣球'……"明子高兴得拍手笑了说："好，好，'鞭打绣球'，就留下它吧。"奶奶笑着说："要留下它，也得先送回去。我们要先给它准备吃、喝、拉、撒、睡的地方。"

　　明子连忙又把小猫送回给陈伯伯，说："我奶奶谢谢您啦，她想要那只有黑尾巴的。"——他不敢把"鞭打绣球"这好听的名字说出来，怕陈伯伯不舍得——陈伯伯一边把小猫放回母猫筐里，一边说："好吧。你一定也常去玩了？可你不能折磨它。"明子满脸是笑，说："哪能呢！我们准备好就来抱。"一回头就跑。

　　明子帮着奶奶找出一只大的深沿的塑料盘子，铺上炉灰，给咪咪做厕所；两只红花的搪瓷碟子，大的做咪咪的饭碗，小的做咪咪的水

杯；还有一只大竹篮子，铺上一层棉絮，做咪咪的卧床。奶奶说："咪咪可以睡在我的屋里，但是'吃'和'拉'只能在厨房桌子底下，夏天还得放到凉台上去，不然，臊死了。"这一切，明子都慨然地同意了。

咪子抱来了，真是活跃得了不得！就像妈妈说的那样，整天到处跑，到处跳，一会儿上桌，一会儿上床，什么也要拨拨弄弄。于是奶奶就常给它洗澡，洗完了用大毛巾裹起来，还用吹风机把湿毛吹干了。早饭后在洗牛奶锅的时候，还用一勺稀粥先在锅里涮一遍，又把自己不吃的蛋黄，拌在牛奶粥里给咪子吃。奶奶把咪子调理得又"白"又"胖"，就像一大团绒球似的！咪子平常很闹，挣扎着不让明子抱它，但是吃饱之后就又贪睡。奶奶常在晚饭前喂它，什么鱼头啦，鸡爪啦，剁碎了给它拌饭。咪子一直在旁边叫着，等奶奶一放下它的饭碗，它就翘着尾巴过去；吃完了，用前爪不住地"洗脸"，洗完脸就懒洋洋弓起身来，打着呵欠。这时明子就过去把它抱在怀里，咪子一动不动地闭上眼，蜷成一团。明子轻轻抚摸着它，它还会轻轻地打着"呼噜"。每天晚饭后，奶奶和爸爸一边看着电视，一边闲谈。明子只坐在一旁，静静地抱着睡着的咪子，轻轻地顺着它的雪白的长毛摸着，不时地低下头去用脸偎着它，电视荧幕上花花绿绿地人来人往，他一点也没看进去。等到"新闻联播"节目映完，爸爸就会站起来说："徐明，咱们走吧。你的作业还没做完呢！和奶奶说再见。"这时明子只好把柔软温暖的咪子放在奶奶的膝上，恋恋不舍地走了。

这个星期天中午，奶奶答应明子的请求，让爸爸带陈伯伯来吃午饭，说是请他来看咪咪长得好不好，并谢谢他。陈伯伯来了，和奶奶寒暄几句。明子把咪子举到他面前，他也只看了一眼。他一边吃饭，一边和爸爸大讲起什么电子计算机，怎样用编程的语言，把资料储存进去啦，用的时候一按那键子，那资料就出来了什么的。明子悄悄地问奶奶："电子计算机是什么样子？对养猫有没有用处？"奶奶笑着说："我也说不清。我想要把咪子的资料装进去，要用的时候，一按键子也会出来吧。"吃过饭，陈伯伯谢过奶奶，说："下午还要去摆弄计算机，先走了。"爸爸也说："徐明还是跟我回去午睡吧，起来还要给妈妈写信呢。"明子只好把咪子抱起，在脸上偎了一下，跟着他们走了。

明子回到家一上床就睡着了。他忽然做了个梦，梦里听见咪子一声一声叫得很急，仿佛有人在折磨它。四周一看，只见眼前放着一个大黑箱子，似乎就是那个电子计算机了，咪子在里面关着呢。它睁着两只大圆眼，从箱子缝里望着明子不住地叫。明子急得嗒嗒地拍着那大黑箱子，要找那键子，就是找不着！他急得满头大汗，耳边还听见嗒嗒的声音，睁眼看时，原来还睡在床上，爸爸正用打字机打着给妈妈的信呢。明子翻身下床，摘下挂在墙上的奶奶家大门的钥匙就走，爸爸在后面叫他"别去吵奶奶了……"他也顾不上答应。

奶奶家的大门轻轻地开了，奶奶的房间也让他推开一条缝。奶奶脸向里睡着呢，咪子趴在奶奶的枕头边，听见推门的声音，立刻警觉地睁着大眼，一看见是明子来了，它又趴了下去，头伏在前爪上，后腿蜷了起来，这是它兴奋前扑的预备姿势。

明子侧身挤进门来，只一伸手，这一团毛茸茸的大白绒球，就软软地扑到他的胸前。明子紧紧地抱住它，不知道为什么，双眼忽然模糊了起来……

# 花花儿

*杨绛*

　　我大概不能算是爱猫的，因为我只爱个别的一只两只，而且只因为它不像一般的猫而似乎超出了猫类。

　　我从前苏州的家里养许多猫，我喜欢一只名叫大白的。它大概是波斯种，个儿比一般的猫大，浑身白毛，圆脸，一对蓝眼睛非常妩媚灵秀，性情又很温和。我常胡想，童话里美女变的猫，或者能变美女的猫，大概就像大白。大白如在户外玩够了想进屋来，就跳上我父亲书桌横侧的窗台，一只爪子软软地扶着玻璃，轻轻叫唤一声，看见父亲抬头看见它了，就跳下地，跑到门外蹲着静静等候。饭桌上尽管摆着它爱吃的鱼肉，它决不擅自取食，只是忙忙地跳上桌子又跳下地，仰头等着。跳上桌子是说："我也要吃。"跳下地是说："我在这儿等着呢。"

　　默存和我住在清华的时候养一只猫，皮毛不如大白，智力远在大白之上。那是我亲戚从城里抱来的一只小郎猫，才满月，刚断奶。它妈

妈是白色长毛的纯波斯种，这儿子却是黑白杂色：背上三个黑圆，一条黑尾巴，四只黑爪子，脸上有匀匀的两个黑半圆，像时髦人戴的大黑眼镜，大得遮去半个脸，不过它连耳朵也是黑的。它是圆脸，灰蓝眼珠，眼神之美不输大白。它忽被人抱出城来，一声声直叫唤。我不忍，把小猫抱在怀里一整天，所以它和我最亲。

我们的老李妈爱猫。她说："带气儿的我都爱。"小猫来了我只会抱着，喂小猫的是她，"花花儿"也是她取的名字。那天傍晚她对我说："我已经给它把了一泡屎，我再把它一泡溺，教会了它，以后就不脏屋子了。"我不知道李妈是怎么"把"、怎么教的，花花儿从来没有弄脏过屋子，一次也没有。

我们让花花儿睡在客堂沙发上一个白布垫子上，那个垫子就算是它的领域。一次我把垫子双折着忘了打开，花花儿就把自己的身体约束成一长条，趴在上面，一点也不越出垫子的范围。一次它聚精会神地蹲在一叠箱子旁边，忽然伸出爪子一捞，就逮了一只耗子。那时候它还很小呢。李妈得意说："这猫儿就是灵。"它很早就懂得不准上饭桌，只伏在我的座后等候。李妈常说："这猫儿可仁义。"

花花儿早上见了李妈就要她抱。它把一只前脚勾着李妈的脖子，像小孩儿那样直着身子坐在李妈臂上。李妈笑说："瞧它！这猫儿敢情是小孩子变的，我就没见过这种样儿。"它早上第一次见我，总把冷鼻子在我脸上碰碰。清华的温德先生最爱猫，家里总养着好几只。他曾对我说："猫儿有时候会闻闻你，可它不是吻你，只是要闻闻你吃了什么东西。"我拿定花花儿不是要闻我吃了什么东西，因为我什么都没吃呢。

即使我刚吃了鱼，它也并不再闻我。花花儿只是对我行个"早安"礼。我们有一罐结成团的陈奶粉，那是花花儿的零食。一次默存要花花儿也闻闻他，就拿些奶粉做贿赂。花花儿很懂事，也很无耻。我们夫妇分站在书桌的两头，猫儿站在书桌当中。它对我们俩这边看看，那边看看，要往我这边走，一转念，决然走到拿奶粉罐的默存那边去，闻了他一下脸。我们都大笑说："花花儿真无耻，有奶便是娘。"可是这充分说明，温德先生的话并不对。

一次我们早起不见花花儿。李妈指指茶几底下说："给我拍了一下，躲在那儿委屈呢。我忙着要扫地，它直绕着我要我抱，绕得我眼睛都花了。我拍了它一下，瞧它！赌气了！"花花儿缩在茶几底下，一只前爪遮着脑门子，满脸气苦，我们叫它也不出来。还是李妈把它抱了出来，抚慰了一下，它又照常抱着李妈的脖子，挨在她怀里。我们还没看见过猫儿会委屈，那副气苦的神情不是我们唯心想象的。它第一次上了树不会下来，默存设法救了它下来，它把爪子软软地在默存臂上搭两下，表示感激，这也不是我们主观唯心的想象。

花花儿清早常从户外到我们卧房窗前来窥望。我睡在离窗最近的一边。它也和大白一样，前爪软软地扶着玻璃，只是一声不响，目不转睛地守着。假如我不回脸，它决不叫唤；要等看见我已经看见它了，才叫唤两声，然后也像大白那样跑到门口去蹲着，仰头等候。我开了门它就进来，跳上桌子闻闻我，并不要求我抱。它偶然也闻闻默存和圆圆，不过不是经常。

它渐渐不服管教，晚上要跟进卧房。我们把它按在沙发上，可是

一松手它就蹿进卧房；提出来，又蹿进去，两只眼睛只顾看着我们，表情是恳求。我们三个都心软了，就让它进屋，看它进来了怎么样。我们的卧房是一长间，南北各有大窗，中间放个大衣橱，把屋子隔成前后两间，圆圆睡后间。大衣橱的左侧上方是个小橱，花花儿白天常进卧房，大约看中了那个小橱。它仰头对着小橱叫。我开了小橱的门，它一蹿就蹿进去，蜷伏在内，不肯出来。我们都笑它找到了好一个安适的窝儿，就开着小橱的门，让它睡在里面。可是它又不安分，一会儿又跳到床上，要钻被窝。它好像知道默存最依顺它，就往他被窝里钻，可是一会儿又嫌闷，又要出门去。我们给它折腾了一顿，只好狠狠心把它赶走。经过两三次严厉的管教，它也就听话了。

一次我们吃禾花雀，它吃了些脖子爪子之类，快活得发疯似的从椅子上跳到桌上，又跳回地上，欢腾跳跃，逗得我们大笑不止。它爱吃的东西很特别，如老玉米、水果糖、花生米，好像别的猫不爱吃这些。转眼由春天到了冬天。有时大雪，我怕李妈滑倒（她年已六十），就自己买菜。我买菜，总为李妈买一包香烟，一包花生米。下午没事，李妈坐在自己床上，抱着花花儿，喂它吃花生。花花儿站在她怀里，前脚搭在她肩上，那副模样煞是滑稽。

花花儿周岁的时候李妈病了；病得很重，只好回家。她回家后花花儿早晚在她的卧房门外绕着叫，叫了好几天才罢。换来一个郭妈又凶又狠，把花花儿当冤家看待。一天我坐在书桌前工作，花花儿跳在我的座后，用爪子在我背上一拍，等我回头，它就跳下地，一爪招手似的招，走几步又回头叫我，我就跟它走。它把我直招到厨房里，然后它用后脚站起，伸前爪去抓菜橱下层的橱门——里面有猫鱼。原来花花儿是问我要饭吃。我一看它的饭碗肮脏不堪，半碗剩饭都干硬了。我用热水把硬饭泡洗一下，加上猫鱼拌好，花花儿就乖乖地吃饭。可是我一离开，它就不吃了，追出来把我叫回厨房。我守着，它就吃，走开就不吃。后来我把它的饭碗搬到吃饭间里，它就安安顿顿吃饭。我心想：这猫儿又作怪，它得在饭厅里吃饭呢！不久我发现郭妈作弄它。她双脚夹住花花儿的脑袋，不让它凑近饭碗，嘴里却说："吃啊！吃啊！怎不吃呀？"我过去看看，郭妈忙一松腿，花花儿就跑了。我才懂得花花儿为什么不肯在厨房吃饭。

花花儿到我家一两年后，默存调往城里工作，圆圆也在城里上学，寄宿在校。他们都要周末才回家，平时只我一人吃饭。每年初夏我总"疰夏"，饭菜不过是西红柿汤、凉拌紫菜头之类。花花儿又作怪，它的饭碗在我座后，它不肯在我背后吃。我把它的饭碗挪到饭桌旁边，它才肯吃；吃几口就仰头看着我，等我给它滴上半匙西红柿汤，它才继续吃。我假装不看见也罢，如果它看见我看见它了，就非给它几滴清汤。我觉得这猫儿太唯心了，难道它也爱喝清汤？

猫儿一岁左右还不闹猫，不过外面猫儿叫闹的时候总爱出去看热闹。它一般总找最依顺它的默存，要他开门，把两只前爪抱着他的手腕子轻轻咬一口，然后叼着他的衣服往门口跑，前脚扒门，抬头看着门上的把手，两只眼睛里全是恳求。它这一出去就彻夜不归。好月亮的时候也通宵在外玩儿。两岁以后，它开始闹猫了。我们都看见它争风打架的英雄气概，花花儿成了我们那一区的霸。

有一次我午后上课，半路上看见它"嗷、嗷"怪声叫着过去。它忽然看见了我，立即恢复平时的娇声细气，"啊，啊，啊"向我走来。我怕它跟我上课堂，直赶它走。可是它紧跟不离，直跟到洋灰大道边才止步不前，站定了看我走。那条大道是它活动区的边界，它不越出自定的范围。三反运动期间，我每晚开会到半夜三更，花花儿总在它的活动范围内迎候，伴随我回家。

花花儿善解人意，我为它的聪明惊喜，常胡说："这猫儿简直有几分'人气'。"猫的"人气"，当然微弱得似有若无，好比"人为万物之灵"，人的那点灵光，也微弱得只够我们惶惑地照见自己多么愚昧。人的智慧自有打不破的局限，好比猫儿的聪明有它打不破的局限。

花花儿毕竟只是一只猫。"三反"运动后"院系调整"，我们并入北大，迁居中关园。花花儿依恋旧屋，由我们捉住装入布袋，搬入新居，拴了三天才渐渐习惯些，可是我偶一开门，它一道电光似的向邻近树木繁密的果园蹿去，跑得无影无踪，一去不返。我们费尽心力也找不到它了。我们伤心得从此不再养猫。默存说："有句老话：'狗认人，猫认屋'，看来花花儿没有'超出猫类'。"他的《容安室休沐杂咏》还有一首提到它："音书人事本萧条，广论何心续孝标。应是有情无处着，春风蛱蝶忆儿猫。"

# 妙妙及其情史

马国亮

六个月之前，时候还在暮春的一个晚上，大概是九点钟左右，我们都早躲在棉被里，门铃忽地打破了沉寂，佣人走往下面开门，正在我们猜想是哪一位不速之客的时候，佣人已经走了上来，笑嘻嘻地捧着一位嘉宾，使我的妻见了快乐到无字可以形容，这位不速之客，便是现在要说及的妙妙。

是一位同事从江湾一位朋友给我们讨来的。据说它是系出名门，说得清楚点，是来自很好的猫种的。据说同母胎生下来的一共四头，而预先抢着要的却有二十多个人家。我幸运地得到了一头，而且更幸运的是，由于我的同事的交情，他得到了最优美的一头。当晚把它领到之后，依照它的主人的意思，我们在第二天还补去了一个几毛钱的封包。这和嫁女的仪节一样，手续是那么隆重，可见这猫是有着怎样的高贵的身份了。

它来的时候，小得像一个小玩具，身段是短短方方的，有一身金黄色的软毛间着褐色的条纹。模样是十分的可爱。走起路来那种胆小畏怯的姿态，教你不由得不越看越爱。

从此我们家里便成了四个：我、妻、女佣人和妙妙。

它来了之后，在我们中更添多了许多佳趣。我们教它跳栏，教它跳墙，教它走圈子，有时把它放在绒线衫里，要它从袖管里钻出来，那刚刚把半个头露在袖口时的像小老婆一般的滑稽的脸相，给我们许多捧腹狂笑的欢愉时候。它是灵慧而又敏捷，你叫一声，它的脸立刻便朝着你瞧，你的手指一动，它马上便跳到你身上来。全没有别的猫的那种傲慢的不大理睬人家的和那种懒洋洋不高兴的坏脾气。静的时候，在床上或沙发上盘腰睡觉，温驯有如婴孩；有时把四条腿缩在一起，在桌上或纸盒上蹲着打盹时，却又严肃得如同老僧入定。动的时候，一根小草可以给它滚来滚去地玩上半天。妻走到厨房，它会跟到厨房，妻走入房里，它也跟入房里，它会嗅着客人的衣衫，会轻轻地咬着你的指头和你玩，那么的矫捷，那么的感觉锐敏，总之，它是一头可爱的猫，同时兼有了狗的长处，却没有狗的粗暴。

起先，它不叫"妙妙"。我们最初是很高兴地要替它弄个名字。我们彼此举出了许多不中不西，又中又西的名字出来，其中包括了许多外国电影明星的名字。我现在不大记得清楚，为什么当时只说了一大堆却没有一点下文，因为结果并没给它取了什么名字。大概当时预想不到它会那么灵慧，一叫便来，以为猫是和狗两样，名字是多余的。这样，用我们习惯叫猫的方法，妙妙，便无异成了它专有名字了。

　　尽是这样地天天跑跑跳跳，倦了，蹲在我的写字桌前的椅上打盹；醒了，便又忙这个那个。报纸堆中钻来钻去可以钻半天，抓着乒乓球也可以跑半天。晚上，耗子捉完了，抓个蟛蜞玩着也可以玩半天。它可以跳起来捉蟛蜞，可以捉苍蝇，还可以捉蚊子。

　　这样跳跳跑跑的，春天跑去了，夏天也跑去了。到了深秋的时候，妙妙虽还是那么的好玩与孩子气，可是姿态身段和以前完全是两样了。那一身的金黄色的毛是比前结实而润滑，褐色的条纹，再来得深显，在身上各部分划出了有力的线条。颔下长着丰满的肉，背胸部和腿部都隆起了健壮的筋肌。那一根结实的尾巴，摇动起来恰如一条满注力量的皮鞭。走起路时那种英雄而稳定的步伐，使人联想着演武厅上武士出场时的雄姿。蹲着的时候，头部和腿部都不偏不倚，四平八稳，威武而严肃，凛若泰山，有万斤不移之力。可是在这一切的英气勃勃中，却仍不流于粗暴，依旧是常常温驯躺在你的身上，闭上了两只神采的眼睛，任由你的抚弄。

　　这样，在忽忽的六个月当中，妙妙无疑地是从孩子长成到精壮的青年了。

　　有一个晚上，正当我们逗着它玩的时候，外面秋风吹进了野猫叫的声音，像有所感触似的，它突然跳上了沙发的椅背上，眼巴巴地望着窗外发怔。

　　两星期之后，妙妙的苦闷的烦躁的心情渐渐地本能地显露出来了。常常听见了别人家的猫声，便跑上露台的石栏上东张西望。也常常跑落楼下躲在后房里，看着人家开门的时候便溜到街外，更常常地在我们的

房里发狂似的跳来跳去，从桌子跳到沙发，从这张床跳到那张床，从高柜跳落椅子上，绕着屋子以最高的速度往来地犇奔着，虽然它并不像疯狗似的要咬人，可是这种狂乱的反常的状态，使人看了也要吃惊的。

中饭的时候，妙妙又是这样奔奔着，我和妻正惊讶于它行动的反常，站在旁边的中年的女佣人却笑着说：妙妙得给它一个母猫了。我听了觉得有点好笑，但却不敢以为她没有相当的理由。

一直到昨天晚上，我刚洗了澡，躺在床上翻着一本书要看的时候，妻从房外进来，像有什么有趣好玩的事情似的，扯着我的手说："来，我带给你看点东西。"跟她到露台上，我便瞧见妙妙之外还有另一只猫。用不着等妻的解释，我便知道是女佣给妙妙安排下的好事了。

那新来的一位女宾，看上去便不大令人满意。长育得不平均的四肢，一身的黑白黄的堆乱的毛更显得她的猥琐，两只没有光彩的小眼睛，和那种迟钝的姿态，比起妙妙来真是相差得太远，使人兴起门户不相当的遗憾。但是阶级的壁垒在妙妙的心中大概是没有的，而人类所定下来的美的标准大概和猫类不会一样，所以妙妙依旧是用它的全副精神去希望赢得她的爱。

我们靠贴在门边，紧紧地看守着这一对像凭媒妁之命所定下来的配偶的发展。这一对无知的小儿女，一个是喜悦，另一个是惊怯，来彼此去联系，或反抗他们的命运。

那女的蹲在晒台当中，男的便在她的身边焦灼地等候机会。起先，他想以绅士式的温和来接近她，但是经几度的尝试之后，他显然知道是失败了，每次当他走近的时候，女的却报他以愤怒的吼声和利爪的张舞。于是妙妙只好再想其他的方法和等候其他的机会。

他等着，等着，在我们以为他已经计穷的时候却在运用他的机智。原来女的见他许久没有动静，便连防卫的紧张也宽弛了。乘着这机会，妙妙用最谨慎的步伐，鸦雀无声地悄悄地爬上了木架，从这端走进那靠近女的一端，女的后背正向着他，对于他的行动完全没有发觉。妙妙便在这时稍为迟疑端详了一下之后，便嗖的一声，耸身一跳，仿如神箭的脱弦，在她的后背扑下。

我们屏息地看着，心里估量着以为大战一定会开展在眼前，可是妙妙像太忠于遵守条约，正当他疾扑而下时，女的给这突然的袭击所惊起，一个翻身，怒吼一声，十爪齐张，抓向他的身上。妙妙像并没有积极进展的存心，只是这一个小小的冲突，西线又依旧平静无战事了。

我们倒抽了一口气，对于这大战并没有爆发下去，一半是觉欣慰，但同时也是失望。

跟着的半小时内，妙妙用同样的阵法来袭击，却由于他的缺乏决心，结果仍得不到胜利。

我们有点不耐烦了。我们觉得妙妙的态度过于矜持，他也许不懂得对于应付异性，有时得稍为粗糙一点的，因为这正是女性所爱悦的态度。于是有一次，当他徘徊在我们的脚底下的时候，我们便把他提起来，掷向那有着几种杂毛的花猫的身上。但是妙妙依旧缺乏勇气，看见了花猫的张牙舞爪的动作，又跳在另一旁了。

又过了一刻钟，结果还是没有，妙妙仅是在花猫的旁边徘徊，绕着她兜圈子。有时候，从木架下面悄悄地把头伸出来窥探了一下，又立即

缩了回去。有时候，蹲在花盆旁边轻轻地叫两声。有时候，甚至独自抓着那墙角的木屑，像很无聊的样子，但是这一种无聊显然是很苦闷的，无可奈何的反应，时时总禁不住要偷偷地瞧着那心目中的情侣有何动静。而那花猫呢，独个儿蹲着，并没半点表示。

我们旁观者也觉得太闷气了。一方面觉得那花猫实在太不懂事，放着眼前这样的一个美男子也毫不动心，但另方面也觉得她这种女性的尊严与傲慢，和那种威武不屈的贞坚的态度是可钦敬的。当我们发觉了我们在这里站得太久了的时候，我们便回到房中去了。虽然心里依旧希望他们在静无人处的时候会彼此互诉心情，如果他们也有所谓儿女的羞怯的话。

第二天，我在办事处消磨了一天的时间，回到了家中，这件事差不多完全忘记，倘若不是妻向我提起的话。原来这整天情形和昨夜的没有什么两样。妙妙老是这样地无结果地在花猫的身旁徘徊。她走到厨房，他跟她到厨房，她蹲在楼梯上，他也陪她蹲在相距几级的楼梯上，她走进房里，他跟到房里。而且据妻的报告，他一天不肯吃东西，鱼不肯吃，鸡蛋不肯吃，羊肠也不肯吃，只一刻不离地守在她身边。我看他这么憔悴的失神的样子，心里实在替他难过。我叫他一声，往常是会立刻跑来的，可是现在，他只朝我望望，立刻便转身跟在花猫的后面迟钝地走着。我用尽种种引逗他的方法，只能得到他的勉强的注望，却不能使他走过来。可怜的妙妙，有生以来第一次感受着忧愁了。

我五点钟从办公处回家，一直到晚上差不多十时左右，僵局虽然依旧是僵局，可是似乎还有一点转机，因为花猫已经许可妙妙稍为走近她而不以怒吼相胁，虽则十分的接近依旧是不可能的。

　　其时正在房里，正当我们在继续着昨夜的无聊的看守的时候，妻忽然在袜子上发现了一头虱子，这些在我们的妙妙的身上是绝对找不到的小动物使我十分惊奇，检查一下那花猫，我们立刻觉得这一个出身寒微的贱陋的贫女，实在不足以配偶我们这一位名门贵裔的妙妙，于是在一个毫不犹豫的决心之下，花猫便由女佣人的手送她回到原来的地方，这一段姻缘这样地完结了。

　　我们虽觉得这一定会使妙妙难过的，但我们更觉得，他必须配偶一个系出名门的淑女。

# 猫打架

周作人

　　现在时值阴历三月，是春气发动的时候，夜间常常听见猫的嗥叫声甚凄厉，和平时迥不相同，这正是"猫打架"的时节，所以不足为怪的。但是实在吵闹得很，而且往往是在深夜，忽然庭树间嗥的一声，虽然不是什么好梦，总之给它惊醒了，不是愉快的事情。这便令我想起五四前后初到北京的事情来，时光过得真快，这已是四十多年前的事了。我写过《补树书屋旧事》，第七篇叫作《猫》，这里让我把它抄一节吧：

　　"说也奇怪，补树书屋里的确也不大热，这大概与那大槐树有关系，它好像是一顶绿的大日照伞，把可畏的夏日都给挡住了。这房屋相当阴暗，但是不大有蚊子，因为不记得用过什么蚊子香；也不曾买有蝇拍子，可是没有苍蝇进来，虽然门外面的青虫很有点讨厌。那么旧的屋里该有老鼠，却也并不是，倒是不知道哪里的猫常在屋上骚扰，往往叫人整半夜睡不着觉，在一九一八年旧日记里边便有三四处记着"夜为猫所扰，不能安睡。"不知道在鲁迅日记上有无记载，事实上在那时候大抵是大怒而起，拿着一枝竹竿，搬了小茶几，到后檐下放好，他便上去用竹竿痛打，把它们打散，但也不长治久安，往往过一会又回来了。《朝花夕拾》中有一篇讲到猫的文章，其中有些是与这有关的。"

说到《朝花夕拾》，虽然这是有许多人看过的书，现在我也找有关摘抄一点在这里：

"要说得可靠一点，或者倒不如说不过因为它们配合时候的嗥叫，手续竟有这么繁重，闹得别人心烦，尤其是夜间要看书睡觉的时候。当这些时候，我便要用长竹竿去攻击它们。狗们在大道上配合时，常有闲汉拿了木棍痛打，我曾见大勃吕该尔的一张铜版画上也画着这样事，可见这样的举动，是古今中外一致的。打狗的事我不管，至于我的打猫，却只因为它们嚷嚷，此外并无恶意。"

可是奇怪得很，日本诗人们却对它很是宽大，特别是以松尾芭蕉为祖师一派俳人（做俳句的人）不但不嫌恶它还收它到诗里去，我们仿大观园的傻大姐称之曰猫打架的，他们却加以正面的美称曰猫的恋爱，在《俳谐岁时记》中春季项下堂堂的登载着。俳句中必须有季题，这岁时记便是那些季题的集录，在《岁时记》春季的动物项下便有猫的恋爱这一种，解说道：

"猫的交尾虽是一年有四回，但以春天为显著。时届早春，凡入交尾期的猫也不怕人，不避风雨，昼夜找寻雌猫，到处奔走，连饭也不好好地吃。常有数匹发疯似的争斗，用了极其迫切的叫声诉其热情。数日之后，憔悴受伤，遍身乌黑的回来，情形很是可怜。"

这里诗人对于它们似乎颇有同情，芭蕉有诗云：

"吃了麦饭，为了恋爱而憔悴了么，女猫。"

比他稍后的召波则云：

"爬过了树，走近前来调情的男猫啊。"

但是高井几厘的句云：

"滚瞭下去的声响，就停止了的猫的恋爱。"

"又似乎说滚得好，有点拿长竹竿的意思了。"

小林一茶说：

"睡了起来，打了一个大呵欠的猫的恋爱。"

这与近代女流俳人杉田久女所说的：

"恋爱的猫，一步也不走进夜里的屋门。"

大概只是形容它们的忙碌罢了。

《俳谐岁时记》是从前传下来的东西，虽然新的季题不断地增入，可是旧的却还是留着，这里"猫的恋爱"与鸟雀交尾总还是事实，有些空虚的传说却也罗列着，例如"田鼠化为鴽"以及"獭祭鱼"之类。大概这很受中国的《月令》里七十二候的影响，不过大雪节的三候中有"虎始交"，《岁时记》里却并不收，我想或者是因为难得看见老虎的缘故吧。虎猫本是同类，恐怕也是那么的嚷嚷的，但是不听见有人说起过，现代讲动物园的书有些描写它们的生活，也不曾见有记录。《七十二候图赞》里画了两只老虎相对，一只张着大嘴，似乎是吼叫的样子，这或者是仿那猫的作风而画的吧。赞曰：

虎至季冬，感气生育，虎客不复，后妃乱政。

意思不很明白，第三句里似乎可能有刻错的字，但是也不知道正文是什么字了。

# 赋得猫——猫与巫术

周作人

我很早就想写一篇讲猫的文章。在我的《书信》里"与俞平伯君书"中有好几处说起，如廿一年十一月十三日云：

"昨下午北院叶公过访，谈及索稿，词连足下，未知有劳山的文章可以给予者欤。不佞只送去一条穷袴而已，虽然也想多送一点，无奈材料缺乏，别无可做，久想写一小文以猫为主题，亦终于未着笔也。"叶公即公超，其时正在编辑《新月》十二月一日又云：

"病中又还了一件文债，即新印《越谚》跋文，此后拟专事翻译，虽胸中尚有一猫，盖非至一九三三年未必下笔矣。"但二十二年二月二十五日又云：

"近来亦颇有志于写小文，仍有暇而无闲，终未能就，即一年前所说的猫亦尚任其屋上乱叫，不克捉到纸上来也。"如今已是一九三七年，这四五年中信里虽然不曾再说，心里却还是记着，但是终于没有写成。

这其实倒也罢了，到现在又来写，却为什么缘故呢？

当初我想写猫的时候，曾经用过一番工夫。先调查猫的典故，并觅得黄汉的《猫苑》二卷，仔细检读，次又读外国小品文，如林特（R. Lynd），密伦（A. A. Milne），却贝克（K. Capek）等，公超又以路加思（E. V. Lucas）义集一册见赠，使我得见所著谈动物诸文，尤为可感。可是愈读愈糊涂，简直不知道怎样写好，因为看过人家的好文章，珠玉在地，不必再去摆上一块砖头，此其一。材料太多，贪吃便嚼不烂，过于踌躇，不敢下笔，此其二。大约那时的意思是想写《草木虫鱼》一类的文章，所以还要有点内容，讲点形式，却是不大容易写，近来觉得这也可以不必如此，随便说说话就得了，于是又拿起那个旧题目来，想写几句话交卷。这是先有题目而作文章的，故曰赋得，不过我写文章是以不切题为宗旨的，假如有人想拿去当做赋得体的范本，那是上当非浅，所以请大家不要十分认真才好。

现在我的写法是让我自己来乱说，不再多管人家的鸟事。以前所查过的典故看过的文章幸而都已忘却了，《猫苑》也不翻阅，想到什么可写的就拿来用。这里我第一记得清楚的是一件老姨与猫的故事，出在霁园主人著的《夜谈随录》里。此书还是前世纪末读过，早已散失，乃从友人处借得一部检之，在第六卷中，是《夜星子》二则中之一。其文云：

"京师某宦家，其祖留一妾，年九十余，甚老耄，居后房，上下呼为老姨。日坐炕头，不言不笑，不能动履，形似饥鹰而健饭，无疾病，尝畜一猫，与相守不离，寝食共之。宦一幼子尚在褓褓，夜夜啼号，至

睡方辍，匝月不愈，患之。俗传小儿夜啼谓之夜星子，即有能捉之者。于是延捉者至家，礼待甚厚，捉者一半老妇人耳。是夕就小儿旁设桑弧桃矢，长大不过五寸，矢上系素丝数丈，理其端于无名之指而拈之。至夜半月色上窗，儿啼渐作，顷之隐隐见窗纸有影倏进倏却，仿佛一妇人，长六七寸，操戈骑马而行。捉者摆手低语曰，夜星子来矣来矣！亟弯弓射之，中肩，唧唧有声，弃戈返驰，捉者起，急引丝率众逐之。拾其戈观之，一搓线小竹签也。迹至后房，其丝竟入门隙，群呼老姨，不应，因共排闼燃烛入室，遍觅无所见。搜索久之，忽一小婢惊指曰，老姨中箭矣！众视之，果见小矢钉老姨肩上，呻吟不已，而所畜猫犹在胯下也，咸大错愕，亟为拔矢，血流不止。捉者命扑杀其猫，小儿因不复夜啼，老姨亦由此得病，数日亦死。"后有兰岩评语云：

"怪出于老姨，诚不知其何为，想系猫之所为，老姨龙钟为其所使耳。卒乃中箭而亡，不亦冤乎。"同卷中又有《猫怪》三则，今悉不取，此处评者说是猫之所为亦非，盖这篇《夜星子》的价值重在是一件巫蛊案，猫并不是主，乃是使也。我很想知道两汉的巫蛊详情，可是没有工夫去查考，所以现在所说的大抵是以西欧为标准，巫蛊当作witch-craft的译语，所谓使即是familiars也。英国蔼堪斯泰因女士（Lina Eckenstein）曾著《儿歌之研究》，二十年前所爱读，其遗稿《文字的咒力》（A Spell of Words，1932）中第一篇云《猫及其同帮》，于我颇有用处。第一章《猫或狗》中云：

"在北欧古代猫也算是神圣不可犯的，又用作牺牲，术桶里的猫那种残酷的游戏在不列颠一直举行，直至近代。这最好是用一只猫，在得不到的时候，那就用烟煤，加入桶中。"

"在法兰西比利时直至近代，都曾举行公开的用猫的仪式。圣约翰祭即中夏夜，在巴黎及各处均将活猫关在笼里，抛到火堆里去。在默兹地方，这个习俗至一七六五年方才废除。比利时的伊不勒思及其他城市，在圣灰日即四旬斋的第一日举行所谓猫祭，将活猫从礼拜堂塔顶掷下，意在表示异端外道就此都废弃了。猫是与古代女神荔赖那有系属的，据说女神尝跟着军队，坐了用许多猫拉着的车子。书上说现在伊不勒思尚留有遗址，原是献给一个女神的庙宇。"第二章《猫与巫》中又云：

"猫在欧洲当作家畜，其事当直在母权社会的时代。猫是巫的部属，其关系极密切，所以巫能化猫，而猫有时亦能幻作巫形。兔子也有同样的情形，这曾被叫作草猫的。德国有俗谚云，猫活到二十岁便变成巫，巫活到一百岁时又变成一只猫。

"一五八四年出版的巴耳温的《留心猫儿》中有这样的话，巫是被许可九次把她自己化为猫身。《罗米欧与朱丽叶》中谛巴耳特说，你要我什么呢？麦丘细阿答说，美猫王，我只要你几条性命之一而已。据英法人说，女人同猫一样也有九条性命，但在格伦绥则云那老太太有七条性命正如一只黑猫。

"又有俗谚云，猫有九条性命，而女人有九只猫的性命。（案此即八十一条性命矣。）

"巫可以变化为猫或兔，十七世纪的知识阶级还都相信这是可能的事。"

烧猫的习俗，莆来则博士（J. G. Frazer）自然知道得最多，可惜我只有一册节本的《金枝》（The Golden Bough），只可简单地抄几句。在六十四章《火里烧人》中云：

"在法国阿耳登思省，四旬斋的第一星期日，猫被扔到火堆里去，有时候残酷稍为醇化了，便将猫用长竿挂在火上，活活的烤死。他们说，猫是魔鬼的代表，无论怎么受苦都不冤枉。"他又解释烧诸动物的理由云：

"我们可以推想，这些动物大约都被算作受了魔法的咒力的，或者实在就是男女巫，他们把自己变成兽形，想去进行他们的诡计，损害人类的福利。这个推测可以证实，只看在近代火堆里常被烧死的牺牲是猫，而这猫正是据说巫所最喜变的东西，或者除了兔以外。"

这样大抵可以说明老姨与猫的关系。总之老姨是巫无疑了，猫是她的不可分的系属物。理论应该是老姨她自己变了猫去作怪，被一箭射中猫肩，后来却发现这箭是在她的身上。如散茂斯（M.Summers）在所著《僵尸》（The Vampire，1928）第三章《僵尸的特性及其习惯》中云：

"这是在各国妖巫审问案件中常见的事，有巫变形为猫或兔或别的动物，在兽形时遇着危险或是受了损伤，则回复原形之后在他的人身上也有着同样的伤或别的损害。"这位散茂斯先生著作颇多，此外我还有他的名著《变狼人》《巫术的历史》与《巫术的地理》，就只可惜他是相信世上有巫术的，这又是非圣无法故该死的，因此我有点不大敢请教，虽然这些题目都颇珍奇，也是我所想知道的事。吉忒勒其教授（G.L. Kittredge）的《旧新英伦之巫术》（The Witch-craft in Old and New

England，1929）第十章《变形》中亦云：

"关于猫巫在兽形中受害，存其原形受有同样的伤，有无数的近代的例证。"在小注中列举书名出处甚多。吉弑勒其曾编订英国古民谣为我所记忆，今此书亦是我爱读的，其小序中有一节云：

"有见于近时所出讲巫术的诸书，似应慎重一点在此声明，我并不相信黑术（案即害他的巫术），或有魔鬼干预活人的日常生活。"由是可知他的态度是与《僵尸》的著者相反的，我很有同感，可是文献上的考据还是一样，盖档案与大众信心固是如此，所谓泰山可移而此案难翻者也。

话又说了回来，老姨却并不曾变猫，所以不是属于这一部类的。这头猫在老姨只是一种使，或者可称为鬼使（familiar spirit）茂来女士（M. A. Murray）于一九二一年著《两欧的巫教》（The Witch-cult in Western Europe），辩明所谓巫术实是古代的原始宗教之余留，也是我所尊重的一部书，其第八章论《使与变形》是最有价值的论断，据她在这里说：

"苏格兰法律家福布斯说过，魔鬼对于他们给与些小鬼，以通信息，或供使令，都称作古怪名字，叫着时它们就答应。这些小鬼放在瓦罐或是别的器具里。"大抵使有两种，一云占卜使，即以通信息，犹中国的樟柳神，一云畜养使，即以供使令，犹如蛊也，书中又云：

"畜养使平常总是一种小动物，特别用面包牛乳和人血喂养，又如福布斯所云，放在小匣或瓦罐里，底垫羊毛。这可以用了去对于别人的身体或财产使行法术，却决不用以占卜。吉法特在十六世纪时记述普通一般的所信云：巫有她们的鬼使，有的只一个，有的更多，自二以至

四五，形状各不相同，或像猫，黄鼠狼，癞虾蟆，或小老鼠，这些她们都用牛乳或小鸡喂养，或者有时候让它们吸一点血喝。

"在早先的审问案件里巫女招承自刺手或脸，将流出来的血滴给鬼使吃。但是在后来的案件里这便转变成鬼使自己喝巫女的血，所以在英国巫女算作特色的那冗乳（案即赘疣似的多余的乳头）普通都相信就是这样舐吮而成的。"吉式勒其教授云：

"一五五六年在千斯福特举行的伊里查白时代巫女大审问的第一案里，猫就是鬼使。这是一头白地有斑的猫，名叫撒但，喝血吃。"恰好在茂来女士书里有较详的记载，我们能够知道这猫本来是法兰色斯从祖母得来的，后来她自己养了十五六年，又送给一位老太太华德好司，再养了九年，这才破案。因为本来是小鬼之流，所以又会转变，如那头猫后来就化为一只癞虾蟆了。法廷记录（见茂来书中）说：

"据该妪华德好司供，伊将该猫化为蟾蜍，系因当初伊用瓦罐中垫羊毛养放该猫，历时甚久，嗣因贫穷不能得羊毛，伊遂用圣父圣子圣灵之名祷告愿其化为蟾蜍，于是该猫化为蟾蜍，养放罐中，不用羊毛。"这是一个理想的好例，所以大家部首先援引，此外鬼使作猫形的还不少，茂来女士书中云：

"一六二一年在福斯东地方扰害费厄法克思家的巫女中，有五人都有畜养使的。惠忒的是一个怪相的东西，有许多只脚，黑色，粗毛，像猫一样大。惠忒的女儿有一鬼使，是一只猫，白地黑斑，名叫印及思。狄勃耳有一大黑猫，名及勃，已经跟了她有四十年以上了。她的女儿所有鬼使是鸟形的，黄色，大如鸦，名曰啁嗯。狄更生的鬼使形如白猫，名菲利，已养了有二十年。"由此可知猫的地位在那里是多么高的了。
吉忒勒其教授书中（仍是第十章）又云：

"驯养的乡村的猫，与现今流行的迷信里，还保存着好些他的魔性。
猫会得吸睡着的小孩的气，这个意见在旧的和新的英伦（案即英美两
国）仍是很普遍。又有一种很普遍的思想，说不可令猫近死尸，否则会
把尸首毁伤。这在我们本国（案即美国）变成了一种高明的说法，云：
勿使猫近死人，怕他会捕去死者的灵魂。我们记得，灵魂常从睡着的人
的嘴里爬出来，变成小老鼠的模样！"讲到这里我们可以知道老姨的猫
是属于这一类的畜养使，无论是鬼王派遣来，或是养久成了精，总之都
是供老姨的使令用的，所以跨了当马骑正是当然的事。到了后来时不利
兮骓不逝，主人无端中了流矢，猫也就殉了义，老姨一案遂与普通巫女
一样的结局了。

我听人家所讲猫的故事里，还有一件很有意思的，即是猫替猴子
伸手到火炉里抓煨栗子吃，觉得十分好玩，想拿来做文章的主题，可是
末了终于决定借用这老姨的猫。为什么呢？这件故事很有意思，因为这
与中国的巫蛊和欧洲的巫术都有关系，虽然原只是一篇志异的小说。以
汉朝为中心的巫蛊事情我很想知道，如上边所已说过，只是尚无这个
机缘，所以我在几本书上得来的一点知识单是关于巫术的。那些巫，马
披，沙满，药师等的哲学与科学，在我都颇有兴趣而且稍能理解，其荒
唐处固自言之成理，亦复别有成就，克拉克教授在《西欧的巫教》附录
中论一女所用飞行药膏的成分，便是很有趣的一例。其结论云：

"我不能说是否其中那一种药会发生飞行的感觉，但这里使用乌头

（aconite）我觉得很有意思。睡着的人的心脏动作不匀使人感觉突然从空中下坠，今将用了使人昏迷的莨菪与使心脏动作不匀的乌头配合成剂，令服用者引起飞行的感觉，似是很可能的事。"这样戳穿西洋镜似乎有点杀风景，不如戈耶所画老少二女白身跨一扫帚飞过空中的好，我当然也很爱好这西班牙大匠的画；但是我也很喜欢知道这三个药方，有如打听得祝由科的几门手法或会党的几句口号，虽不敢妄希仙人的他心通，唯能多察知一点人情物理，亦是很大的喜悦。茂来女士更证明中古巫术原是原始的地亚那教（Diana—Cult）之留遗，其男神名地亚奴思，亦名耶奴思（Janus），古罗马称正月即从此神名衍出，通行至今，女神地亚那之徒即所谓巫，其仪式乃发生繁殖的法术也。虽然我并不喜吃菜事魔，自然更没有骑扫帚的兴趣，但对于他们鬼鬼祟祟的花样却不无同情，深觉得宗教审问院的那些拷打杀戮大可不必。多年前我读英国克洛特（E. Clodd）的《进化论之先驱》与勒吉（W. E. H. Lecky）的《欧洲唯理思想史》，才对于中古的巫术案觉得有注意的价值，就能力所及略为涉猎，一面对那时政教的权威很生反感，一面也深感危惧，看了心惊眼跳，不能有隔岸观火之乐，盖人类原是一个，我们也有文字狱思想狱，这与巫术案本是同一类也。欧洲的巫术案，中国的文字狱思想狱，都是我所怕却也就常还想（虽然想了自然又怕）的东西，往往互相牵引连带着，这几乎成了我精神上的压迫之一。想写猫的文章，第一挑到老姨，就是为这缘故。该姨的确是个老巫，论理是应该重办的，幸而在中国偶得免肆诸市朝，真是很难得的，但是拿来与西洋的巫术比较了看也仍是极有意思的事。中国所重的文字狱思想狱是儒教的，——基督教的教士敬事上帝，异端皆非圣无法，儒教的文士谄事主君，犯上即大逆不道，其原因有宗教与政治之不同，故其一可以随时代过去，其一则不可也。我们今日且谈巫术，论老姨与猫，若文字狱等亦是很好题目，容日后再谈，盖其书言之长矣。

附记

黄汉《猫苑》卷下引《夜谈随录》，云有李侍郎从苗疆携一苗婆归，年久老病，尝养一猫酷爱之，后为夜星子，与原书不合，不知何所本，疑未可凭信。

# 老猫

季羡林

老猫虎子蜷曲在玻璃窗外窗台上一个角落里，缩着脖子，眯着眼睛，浑身一片寂寞、凄清、孤独、无助的神情。

外面正下着小雨，雨丝一缕一缕地向下飘落，像是珍珠帘子。时令虽已是初秋，但是隔着雨帘，还能看到紧靠窗子的小土山上丛草依然碧绿，毫无要变黄的样子。在万绿丛中赫然露出一朵鲜艳的红花。古诗"万绿丛中一点红"，大概就是这般光景吧。这一朵小花如火似燃，照亮了浑茫的雨天。

我从小就喜爱小动物。同小动物在一起，别有一番滋味。它们天真无邪，率性而行；有吃抢吃，有喝抢喝；不会说谎，不会推诿；受到惩罚，忍痛挨打；一转眼间，照偷不误。同它们在一起，我心里感到怡然、坦然、安然、欣然。不像同人在一起那样，应对进退，谨小慎微，斟酌词句，保持距离，感到异常地别扭。

十四年前，我养的第一只猫，就是这个虎子。刚到我家来的时候，比老鼠大不了多少。蜷曲在窄狭的窗内窗台上，活动的空间好像富富有余。它并没有什么特点，仅只是一只最平常的狸猫，身上有虎皮斑纹，颜色不黑不黄，并不美观。但是异于常猫的地方也有，它有两只炯炯有神的眼睛，两眼一睁，还真虎虎有虎气，因此起名叫虎子。它脾气也确实暴烈如虎。它从来不怕任何人。谁要想打它，不管是用鸡毛掸子，还是用竹竿，它从不回避，而是向前进攻，声色俱厉。得罪过它的人，它永世不忘。我的外孙打过一次，从此结仇。只要他到我家来，隔着玻璃窗子，一见人影，它就做好准备，向前进攻，爪牙并举，吼声震耳。他没有办法，在家中走动，都要手持竹竿，以防万一，否则寸步难行。有一次，一位老同志来看我，他显然是非常喜欢猫的。一见虎子，嘴里连声说着："我身上有猫味，猫不会咬我的。"他伸手想去抚摩它，可万没有想到，我们虎子不懂什么猫味，回头就是一口。这位老同志大惊失色。总之，到了后来，虎子无人不咬，只有我们家三个主人除外。它的"咬声"颇能耸人听闻了。

但是，要说这就是虎子的全面，那也是不正确的。除了暴烈咬人以外，它还有另外一面，这就是温柔敦厚的一面。我举一个小例子。虎子来我们家以后的第三年，我又要了一只小猫。这是一只混种的波斯猫，浑身雪白，毛很长，但在额头上有一小片黑黄相间的花纹。我们家人管这只猫叫洋猫，起名咪咪；虎子则被尊为土猫。这只猫的脾气同虎子完全相反：胆小、怕人，从来没有咬过人，只有在外面跑的时候，才露出一点野性。它只要有机会溜出大门，但见它长毛尾巴一摆，像一溜烟似

的立即窜入小山的树丛中，半天不回家。这两只猫并没有血缘关系，但是，不知道是由于什么原因，一进门，虎子就把咪咪看作是自己的亲生女儿。它自己本来没有什么奶，却坚决要给咪咪喂奶，把咪咪搂在怀里，让它咂自己的干奶头，它眯着眼睛，仿佛在享着天福。我在吃饭的时候，有时丢点鸡骨头、鱼刺，这等于猫们的燕窝、鱼翅。但是，虎子却只蹲在旁边，瞅着咪咪一只猫吃，从来不同它争食。有时还"咪噢"上两声，好像是在说："吃吧，孩子！安安静静地吃吧！"有时候，不管是春夏还是秋冬，虎子会从西边的小山上逮一些小动物，麻雀、蚱蜢、蝉、蛐蛐之类，用嘴叼着，蹲在家门口，嘴里发出一种怪声。这是猫语，屋里的咪咪，不管是睡还是醒，耸耳一听，立即跑到门后，馋涎欲滴，等着吃母亲带来的佳肴，大快朵颐。我们家人看到这样母子亲爱的情景，都由衷地感动，一致把虎子称作"义猫"。有一年，小咪咪生了两只小猫。大概是初做母亲，没有经验，正如我们圣人所说的那样："未有学养子而后嫁者也。"人们能很快学会，而猫们则不行。咪咪丢下小猫不管，虎子却大忙特忙起来，觉不睡，饭不吃，日日夜夜把小猫搂在怀里。但小猫是要吃奶的，而奶正是虎子所缺的。于是小猫暴躁不安，虎子眉头一皱，计上心来，叼起小猫，到处追着咪咪，要它给小猫喂奶。还真像一个姥姥样子，但是小咪咪并不领情，依旧不给小猫喂奶。有几天的时间，虎子不吃不喝，瞪着两只闪闪发光的眼睛，嘴里叼着小猫，从这屋赶到那屋，一转眼又赶了回来。小猫大概真是受不了啦，便辞别了这个世界。

我看了这一出猫家庭里的悲剧又是喜剧，实在是爱莫能助，惋惜了很久。

我同虎子和咪咪都有深厚的感情。每天晚上，它们俩抢着到我床上去睡觉。在冬天，我在棉被上面特别铺上了一块布，供它们躺卧。我有时候半夜里醒来，神志一清醒，觉得有什么东西重重地压在我身上，一股暖气仿佛透过了两层棉被，扑到我的双腿上。我知道，小猫睡得正香，即使我的双腿由于僵卧时间过久，又酸又痛，但我总是强忍着，决不动一动双腿，免得惊了小猫的轻梦。它此时也许正梦着捉住了一只耗子。只要我的腿一动，它这耗子就吃不成了，岂非大煞风景吗？

这样过了几年，小咪咪大概有八九岁了。虎子比它大三岁，十一二岁的光景。依然威风凛凛，脾气暴烈如故，见人就咬，大有死不改悔的神气。而小咪咪则出我意料地露出了下世的光景。常常到处小便，桌子上，椅子上，沙发上，无处不便。如果到医院里去检查的话，大夫在列举的病情中一定会有一条的：小便失禁。最让我心烦的是，它偏偏看上了我桌子上的稿纸。我正写着什么文章，然而它却根本不管这一套，跳上去，屁股往下一蹲，一泡猫尿流在上面，还闪着微弱的光。说我不急，那不是真的。我心里真急，但是，我谨遵我的一条戒律：决不打小猫一掌，在任何情况之下，也不打它。此时，我赶快把稿纸拿起来，抖掉了上面的猫尿，等它自己干，心里又好气，又好笑，真是哭笑不得。家人对我的嘲笑，我置若罔闻，"全等秋风过耳边"。

我不信任何宗教，也不皈依任何神灵。但是，此时我却有点想迷信一下。我期望会有奇迹出现，让咪咪的病情好转。可世界上是没有什么奇迹的，咪咪的病一天一天的严重起来。它不想回家，喜欢在房外荷塘边上石头缝里待着，或者藏在小山的树木丛里。它再也不在夜里睡在我

的被子上了。每当我半夜里醒来，觉得棉被上轻飘飘的，我恍然若有所失，甚至有点悲伤了。我每天凌晨起来，第一件事情就是拿着手电到房外塘边山上去找咪咪。它浑身雪白，是很容易找到的。在薄暗中，我眼前白白地一闪，我就知道是咪咪。见了我，"咪噢"一声，起身向我走来。我把它抱回家，给它东西吃，它似乎根本没有胃口。我看了直想流泪。有一次，我拖着疲惫的身子，走几里路，到海淀的肉店里去买猪肝和牛肉。拿回来，喂给咪咪，它一闻，似乎有点想吃的样子，但肉一沾唇，它立即又把头缩回去，闭上眼睛，不闻不问了。

有一天傍晚，我看咪咪神情很不妙，我预感要发生什么事情。我唤它，它不肯进屋。我把它抱到篱笆以内，窗台下面。我端来两只碗，一只盛吃的，一只盛水。我拍了拍它的脑袋，它偎依着我，"咪噢"叫了两声，便闭上了眼睛。我放心进屋睡觉。第二天凌晨，我一睁眼，三步并作两步，手里拿着手电，到外面去看。哎呀不好！两碗全在，猫影顿杳。我心里非常难过，说不出是什么滋味。我手持手电找遍了塘边、山上、树后、草丛、深沟、石缝。有时候，眼前白光一闪。"是咪咪！"我狂喜。走近一看，是一张白纸。我嗒然若丧，心头仿佛被挖掉了点什么。"屋前屋后搜之遍，几处茫茫皆不见。"从此我就失掉了咪咪，它从我的生命中消逝了，永远永远地消逝了。我简直像是失掉了一个好友，一个亲人。至今回想起来，我内心里还颤抖不止。

在我心情最沉重的时候，有一些通达世事的好心人告诉我，猫们有一种特殊的本领，能知道自己什么时候寿终。到了此时此刻，它们决不待在主人家里，让主人看到死猫，感到心烦，或感到悲伤。它们总是逃出去，到一个最僻静、最难找的角落里。地沟里，山洞里，树丛里，等候最后时刻的到来。因此，养猫的人大都在家里看不见死猫的尸体。只要自己的猫老了，病了，出去几天不回来，他们就知道，它已经离开了人世，不让举行遗体告别的仪式，永远永远不再回来了。

我听了以后，憬然若有所悟。我不是哲学家，也不是宗教家，但却读过不少哲学家和宗教家谈论生死大事的文章。这些文章多半有非常精辟的见解，闪耀着智慧的光芒，我也想努力从中学习一些有关生死的真理，结果却是毫无所得。那些文章中，除了说教以外，几乎没有什么有用的东西，大半都是老生常谈，不能解决什么实际问题，没能给我留下深刻的印象。现在看来，倒是猫们临终时的所作所为，即使仅仅是出于本能吧，却给了我很大的启发。人们难道就不应该向猫们学习这一点经验吗？有生必有死，这是自然规律，谁都逃不过。中国历史上的赫赫有名的人物，秦皇、汉武，还有唐宗，想方设法，千方百计，想求得长生不老。到头来仍然是竹篮子打水一场空，只落得黄土一抔，"西风残汉家家陵阙"。我辈平民百姓又何必煞费苦心呢？一个人早死几个小时，或者晚死几个小时，甚至几天，实在是无所谓的小事，决影响不了地球的转动，社会的前进。再退一步想，现在有些思想开明的人士，不想长生不死，不想在大地上再留黄土一抔，甚至开明到不要遗体告别，不要开追悼会，但是仍会给后人留下一些麻烦：登报，发讣告，还要打电话四处通知，总得忙上一阵。何不学一学猫们呢？它们这样处理生死大事，干得何等干净利索呀！一点痕迹也不留，走了，走了，永远地走了，让这花花世界的人们不见猫尸，用不着落泪，照旧做着花花世界的梦。

　　我忽然联想到我多次看过的敦煌壁画上的西方净土变。所谓"净土"，指的就是我们常说的天堂、乐园，是许多宗教信徒烧香念佛，查经祷告，甚至实行苦行，折磨自己，梦寐以求想到达的地方。据说在那里可以享受天福，得到人世间万万得不到的快乐。我看了壁画上画的房子、街道、树木、花草，以及大人、小孩，林林总总，觉得十分热闹。可我觉得没有什么出奇之处。只有一件事给我留下了永不磨灭的印象，那就是，那里的人们都是笑口常开，没有一个人愁眉苦脸，他们的日子大概过得都很惬意，不像在我们人间有这样许多不如意的事情，有时候办点事，还要找后门，钻空子。在他们的商店里——净土里面还实行市场经济吗？他们还用得着商店吗？——售货员大概都很和气，不给人白眼，不训斥"上帝"，不扎堆闲侃，不给人钉子碰。这样的天堂乐园，我也真是心向往之的。但是给我印象最深，使我最为吃惊或者羡慕的还是他们对待要死的人的态度。那里的人，大概同人世间的猫们差不多，能预先知道自己寿终的时刻。到了此时，要死的老嬷嬷或者老头，健步如飞地走在前面，身后簇拥着自己的子子孙孙、至亲好友，个个喜笑颜开，全无悲戚的神态，仿佛是去参加什么喜事一般，一直把老人送进坟墓。后事如何，壁画不是电影，是不能动的，然而画到这个程度，以后的事尽在不言中。如果一定要画上填土封坟，反而似乎是多此一举了。我觉得，净土中的人们给我们人类争了光。他们这一手比猫们又漂亮多了。知道必死，而又兴高采烈，多么豁达！多么聪明！猫们能做得到吗？这证明，净土里的人们真正参透了人生奥秘，真正参透了自然规律。人为万物之灵，他们为我们人类在同猫们对比之下真正增了光！真不愧是净土！

上面我胡思乱想得太远了，还是回到我们人世间来吧。我坦白承认，我对人生的奥秘参透得还不够，我对自然规律参透得也还不够。我仍然十分怀念我的咪咪。我心里仿佛有一个空白，非填起来不行。我一定要找一只同咪咪一模一样的白色波斯猫。后来果然朋友又送来了一只，浑身长毛，洁白如雪，两只眼睛全是绿的，亮晶晶像两块绿宝石。为了纪念死去的咪咪，我仍然为它命名"咪咪"，见了它，就像见到老咪咪一样。过了大约又有一年的光景，友人又送了我一只据说是纯种的波斯猫，两只眼睛颜色不同，一黄一蓝。在太阳光下，黄的特别黄，蓝的特别蓝，像两颗黄蓝宝石，闪闪发光，竞妍争艳。这只猫特别调皮，简直是胆大无边，然而也因此就更特别可爱。这一下子又忙坏了虎子，它认为这两只小猫都是自己的亲生女儿，硬逼着它们吮吸自己那干瘪的奶头。只要它走出去，不知在什么地方弄到了小鸟、蚱蜢之类，就带回家来，给两只小猫吃。好久没有听到的"咪噢"唤小猫的声音，现在又听到了。我心里漾起了一丝丝甜意。这大大地减轻了我对老咪咪的怀念。

可是岁月不饶人，也不会饶猫的。这一只"土猫"虎子已经活到十四岁。据通达世情的人们说，猫的十四岁，就等于人的八九十岁。这样一来，我自己不是成了虎子的同龄"人"了吗？这个虎子却也真怪。有时候，颇现出一些老相。两只炯炯有神的眼睛里忽然被一层薄膜蒙了起来，嘴里流出了哈喇子，胡子上都沾得亮晶晶的，不大想往屋里来，日日夜夜趴在阳台上蜂窝煤堆上，不吃，不喝。我有了老咪咪的经验，知道它快不行了。我也跑到海淀，去买来牛肉和猪肝，想让它不要饿着

肚子离开这个世界。我随时准备着第二天早晨一睁眼，虎子不见了。结果虎子并没有这样干。我天天凌晨第一件事就是来看虎子，隔着窗子，依然黑乎乎的一团，卧在那里。我心里感到安慰。有时候，它也起来走动了。我在本文开头时写的就是去年深秋一个下雨天我隔窗看到的虎子的情况。

到了今天，半年又过去了。虎子不但没有走，而且顽健胜昔，仍然是天天出去。有时候在晚上，窗外的布帘子的一角蓦地被掀了起来，一个丑角似的三花脸一闪，我便知道，这是虎子回来了，连忙开门，放它进来。大概同某一些老年人一样——不是所有的老年人——到了暮年就改恶向善，虎子的脾气大大地改变了，几乎再也不咬人了。我早晨摸黑起床，写作看书累了，常常到门外湖边山下去走一走。此时，我冷不防脚下忽然踢着了一团软乎乎的东西。这是虎子。它在夜里不知道在什么地方待了一夜，现在看到了我，一下子蹿了出来，用身子蹭我的腿，在我身前和身后转悠。它跟着我，亦步亦趋，我走到哪里，它就跟到哪里，寸步不离。我有时故意爬上小山，以为它不会跟来了，然而一回头，虎子正跟在身后。猫是从来不跟人散步的，只有狗才这样干。有时候碰到过路的人，他们见了这情景，都大为吃惊。"你看猫跟着主人散步哩！"他们说，露出满脸惊奇的神色。最近一个时期，虎子似乎更精力旺盛了，它返老还童了。有时候竟带一个它重孙辈的小公猫到我们家阳台上来，"今夜我们相识"。虎子用不着介绍就相识了。看样子，虎子一去不复返的日子遥遥无期了。我成了拥有三只猫的家庭的主人。

我养了十几年猫，前后共有四只。猫们向人们学习什么，我不通猫语，无法询问。我作为一个人却确实向猫学习了一些有用的东西。上面讲过的对处理死亡的办法，就是一个例子。我自己毕竟已经年纪很大了，常常想到死的问题。鲁迅五十多岁就想到了，我真是瞠乎后矣。人生必有死，这是无法抗御的。而且我还认为死也是好事情。如果世界上的人都不死，连我们的轩辕老祖和孔老夫子今天依然峨冠博带，坐着奔驰车，到天安门上去遛弯，你想人类世界会成一个什么样子！人是百代的过客，总是要走过去的，这绝不会影响地球的转动和人类社会的进步。每一代人都只是一场没有终点的长途接力赛的一环。前不见古人，后不见来者，是宇宙常规。人老了要死，像在净土里那样，应该算是一件喜事。老人跑完了自己的一棒，把棒交给后人，自己要休息了，这是正常的。不管快慢，他们总算跑完了一棒，总算对人类的进步做出了贡献，总算尽上了自己的天职。年老了要退休，这是身体精神状况所决定的，不是哪个人能改变的。老人们会不会感到寂寞呢？我认为，会的。但是我却觉得，这寂寞是顺乎自然的，从伦理的高度来看，甚至是应该的。我始终主张，老年人应该为青年人活着，而不是相反。青年人有接力棒在手，世界是他们的，未来是他们的，希望是他们的。吾辈老年人的天职是尽上自己仅存的精力，帮助他们前进，必要时要躺在地上，让他们踏着自己的躯体前进，前进。如果由于害怕寂寞而学习《红楼梦》里的贾母，让一家人都围着自己转，这不但是办不到的，而且从人类前途利益来看是犯罪的行为。我说这些话，也许有人怀疑，我是不是碰到了什么不如意的事，才说出这样令某些人骇怪的话来。不，不，决不。我现在身体顽健，家庭和睦，在社会上广有朋友，每天照样读书、写

作、会客、开会不辍。我没有不如意的事情，也没有感到寂寞。不过自己毕竟已逾耄耋之年，面前的路有限了，不免有时候胡思乱想。而且，我同猫们相处久了，觉得它们有些东西确实值得我们学习，我们这些万物之灵应该屈尊一下，学习学习。即使只学到猫们处理死亡大事这一手，我们社会上会减少多少麻烦呀！

"那么，你是不是准备学习呢？"我仿佛听到有人这样质问了。是的，我心里是想学习的。不过也还有些困难。我没有猫的本能，我不知道自己的大限何时来到。而且我还有点担心。如果我真正学习了猫，有一天忽然偷偷地溜出了家门，到一个旮旯里、树丛里、山洞里、河沟里，一头钻进去藏了起来，这样一来，我们人类社会可不像猫社会那样平静，有些人必然认为这是特大新闻。指手画脚，喊喊喳喳。如果是在旧社会里或者在今天的香港等地的话，这必将成为头版头条的爆炸性新闻，不亚于当年的杨乃武和小白菜。我的亲属和朋友也必将派人出去寻找，派的人也许比寻找彭加木的人还要多。这是多么可怕的事呀！因此我就迟疑起来。至于最后究竟何去何从？我正在考虑、推敲、研究。

# 猫

梁实秋

　　想当年在四川的时候，好像是在无猫国一般，猫是宝贝。每逢家里老鼠闹得太凶，女佣就要走五六里去把人家的猫借来。因为猫太稀罕，在那十里方圆的区域里提猫是不用加形容词的，就好像我们说太阳不形容它的圆、亮……一样的自然。说猫，就是那一只，没有第二个。

　　这只猫毛色斑驳，相貌庸俗。语其强，大不足捕鼠；论其巧，笨不能玩球。但是也有三个特点：一、好睡。二、爱吃。三、不能登高。新借来的那一天，几个小孩子在教科书上早就读熟猫教虎本领的故事，久仰猫会上树，于是就抱来放在一株丈把高的小树上，希望它能刷的直爬上去，开开眼界。大家满怀热望，团团围住。及至一放上去，情形马上大变，只见它全身猬缩，呼吸急促，双眼紧闭，四腿发抖，一动也不动。大家都呆住了，约摸等了有半分钟的工夫，女佣气急败坏地跑来抱

怨孩子："你们怎么这么淘气？把猫跌坏了可怎么好！"把猫放在树上，就等于是硬打鸭子上架。

女佣喜欢猫，每天从大家的伙食里扣出一块大得令人心痛眼红的肉，亲手喂给猫吃，大家不得有不平色。不然女佣便要抱怨："别家的猫儿如何如何……"而这些"如何如何"却正是我们在一年三节才办得到的事！所以大家虽则看了眼热，但是转念一下，也就罢了。

在北平猫不稀奇，恰如阴沟里的老鼠一般，随地皆是。把猫和老鼠共列或者有点刺耳，但是在与人为患一点上，他俩倒确是难兄难弟，并不委屈。老鼠要偷东西吃，猫也要偷东西吃，而且必然吃得比老鼠更多。尤其不幸的是猫是肉食动物，欲望很大，大抵越是我们收得紧，防得严，舍不得吃的东西，它就越舍得吃。一旦不慎，被它得了手，就不是耍，其情形远较老鼠啃了块窝头为严重。但是仍然有很多人养猫。大部分养猫的人申述他们所以养猫的理由，都以为猫能捕鼠，是乃益兽，不过我倒从没想大肚量的贼会比小肚量的鼠更应受欢迎些。

北平猫比四川猫聪明得多，飞檐走壁，蹿房越脊，不算回事。其实这是环境逼出来的。北平到处是房是墙，如果猫都是迈四方步一登高就眼晕，则家养者一定要寂寞终身，野生者一定要饿得发昏。环境如此，猫们不得不练就一身来去无踪的本领。恶猫者不知何时厨房就要遭光顾，爱猫者不知何时爱物就会出外访友。彼此防不胜防，实为狼狈。每当月明风清，寂无人声之际，常有"小黄，吃饭来哟……谁要是藏了我的猫不放呀——谁就……"之类的呼声随风飘送，破人寂寞。其音忽断忽续，悠悠不绝，凄凉恳切，足使思妇住织，慈母辍线。我虽不是爱猫者，然据其声音，想见其人痛心疾首，倚闻悲鸣之状亦深受感动。

　　然而我还是不能爱猫，猫的生活习惯和人不同，每每在午后或子夜人们甜睡的时候恰是猫们社交公开的时候。鲁迅先生最不喜欢这一点，他每逢这种情形就拿起"长竹竿"上前拼命地"攻击"。我没有鲁迅先生这样大的勇气，假若我是在睡觉，我就把被捂住耳朵上忍着，因为睡得昏昏沉沉的披衣起来，拿"长竹竿"就猫交战似乎不是怎样有趣的事。假若我是在看书，我就拍桌打凳地虚声恫吓一番，恫吓无效，我就把书放下，休息一下。君子讲究"犯而不校"，所以我也不敢不勉。鲁迅先生自称不是"正人君子"，所以常常半夜里拿"长竹竿"和猫打架。

　　老舍先生也不喜欢猫，但是他的办法比较文明，他采取口诛笔伐的方式著了一本《猫城记》。用猫来象征贪狠刁坏是很适当的。猫吃饭永远是由饭碗的中间吃起，中间突破之后，吃得里里外外狼藉不堪，而且常常吃剩一半就不吃，等不到几分钟又向你咪咪地叫，作媚态。如果饭里有肉或肝拌着，它一定把肉和肝挑着吃，取其精华而遗其糟粕。关于这个我很忿，我们吃饭也还不能专食肉糜，猫不过畜生耳，何得尔尔？

　　仿佛女人们比较喜欢猫，无论是老太太是小姑娘，总爱把猫抱起来摸它的毛，不厌其详地夸奖它的耳朵、尾巴，关心地询问它的饮食起居……我看了真真老大不耐烦。有时候若非碍于礼貌，我就很想走上去告诉她，她所抱的是怎样一种的动物。据云伦敦的阔寡妇们捐了巨万的英镑——组织"爱猫协会"，专以谋取猫之福利为目的。内中包括猫的疾病治疗，起居设计，饮食分配，择偶，分娩……据该会表示，这是个

惊人的人道措施，希望世界各国群起效法云云。我不知道这个会的详细地址，否则我必要打一个电报给"爱猫协会"，上面只有一句"国骂"，舍此而外我就更不能表示我的情绪了。

# 猫的悲剧

苏雪林

窗外的小猫叫起来了，引起我藏在心灵深处的一个渺小而哀婉的回忆。

我们故乡，是个不产猫的土地，人家所有的猫，都是由大通等处贩来的。然而贩来的猫，都是些又瘦又懒的劣种，上得猫谱的骏物，百中不能得一。猫贩子却说：猫买来时都是好的。不过经过铜波湖的老鼠闸，压坏了威风了。那铜波湖近青邑之处，有两座小山，东西相对，远远望去有些像伏着的老鼠，相传猫经此处，不死也变成没用，因为这个风水是极不利于猫的。凡自大通来的猫贩子必须经过这两座山，所以他们担子里的货物便低劣些，我们也无从挑眼了。

有一年我家买到一只猫，黑色。脸圆尾短，两只玲珑的绿眼睛，尤其可爱。这是一个徽州客人带来的，家人因它没有经过老鼠闸，以为其神独全，所以很欢喜。我是一个猫的朋友，自小时就爱猫，得了这只

猫之后，喂饭之责，竟完全归了我，并将它肇赐嘉名曰黑缎，因猫的毛是乌黑有光，如同缎子。我既这样喜爱这猫，猫眼中唯一的主人也只是我。见了我时，便将尾巴竖起，发出柔和的叫声，并走来将头在我脚上摩擦，表示亲爱的意思。

距今六年前暑假期内，我从北京回家，见黑缎蜷卧在母亲房里的一张椅儿上，我走过去抚摸它，母亲说下手须轻轻儿的，而且不可触它的腹部，因为它已怀有小猫了，不久就要生哩。大姊告诉我说，黑缎已经做过一回母亲了，这是去年的冬天，家人听见小猫在二哥寝室的楼上叫。但过了几日，却又寂然，而母猫只常常在厨房里，不见有上楼哺乳的形迹。家人很动疑，上楼察看，果然见楼角破箱里有两只小花猫，然早已饿死了。原来我二嫂上楼取东西时，误将楼门掩上，母猫不能进去哺乳的缘故，这不知道是它第一回做母亲，爱子之心尚不热烈呢？还是它记性不好，走开之后，便忘怀呢？总之它并没有叫闹。

现在它又怀孕了，我们希望不再发生什么不幸。

过了几天，黑缎的肚皮又消瘦了，但小猫却又不知生在什么地方？

然而我居然于一星期之后，在祖父住过的空房里发现了小猫了。这回也是两只，一只是玳瑁色，而另一只是黑的，眼睛都未开，但很肥胖，我心里非常的喜欢，连母猫一总搬到母亲的楼上，放在一只空的摇篮里，衬上柔软的纸，因为天气太热，不敢用棉花。

小孩们听见这个消息，个个想上楼去看，母亲说凡属虎和狗的孩子是不能看初生的小猫的，因为看过之后，母猫就会变心，不哺儿子的乳了，甚至还将它们吃掉。我呢，则无论属何的孩子们，一概摒绝参观。

为的我看见他们玩弄蝉和蜻蜓时，往往将腿儿翅儿玩脱。柔弱的小猫，哪里禁得住这样的玩弄？

小猫一天天地长大起来了。我上楼看时，总见它们在母猫腹下，并着头安安稳稳饮乳，听见有人进来，便迅速地从腹下钻出小头，竖起耳朵，睁开铃般的眼睛，向你望着，发出呼呼的吼声。它们忘记了自己的渺小，有时竟像小豹似的，向我直扑过来，然而总教我喜悦。

不到一个月，母猫渐渐带它们下楼，满院里奔跑跳掷，十分活泼。这时我对于小孩子的戒严令已经解除。他们便和小猫做了极相得的伴侣。

只是有一天，小外甥告诉我说，小猫身上有许多跳蚤。我提过一只来，翻过腹部看时，果然有许多蚤在浅毛里游行。我觉得这样于小猫是极有害的，须得替它们消除。恍惚记得小时在塾中读书时，听见先生说过一个除蚤法，不免要试一试。

我打开积年不动的衣箱，找出许多藏在皮衣中间的樟脑丸，将它捣成细末，将小猫提过一只来用粉末撒在它毛上然后用手轻轻搓揉。小猫闻见樟脑的气味，似乎很不舒服，便挣扎地想从我手中脱去。但被我用手按住，动弹不得。法子果然灵验，那些跳蚤初则一齐向头足等处乱钻，继则纷纷由猫身跌落地上，积了薄薄的一层，恰似芝麻一般。替这只猫消过蚤后，便照样地收拾那一只。在试验一种方法的成功的快感之下，我将母猫提来也用樟脑粉末撒上，黑缎也像它的孩子们，显出不舒服而倔强的神气。我轻轻地用手抚摸它，并说："黑缎呵，这是为你的好，你听我的话呵！"黑缎到底是大猫，较有灵性，它似乎懂得我的意

思，便俯首帖耳地伏着不动，随我摆布。但显然是出于勉强的，它终于不能忍受樟脑猛烈的气味，乘我一松手便爬起来跑了。

第二天早晨我从床上醒来，听见大姊和女仆黄妈在院中说话。

"怎么会都死了的，昨天还好好的呢。"大姊问。

"昨夜我听见它们在佛堂里发疯似的叫和跑，今夜便都死了，想是樟脑气味熏的罢。"我来不及扣纽子披了衣拖着鞋便赶出房门，问："什么东西死了？"

"你的小猫！"姊姊指着地上直僵僵的两具小尸体。

我发了呆了，望着地上，半天不能说话……

至于母猫呢？自晨至夕总也不曾回来，小外甥说："昨天下午看见它在隔溪田垄上伏着在呕吐。"过去看时，它早从草里一钻，溜得无影踪了。又过了两天，它还不回来，家人疑议说，定然死了，我心里充满了惋惜和悔恨，但也颇祝望这疑议之为事实。如果它还不曾死，有朝更回家，看见这寂寂的小楼，空空的摇篮，它的小心灵里是怎样的悲哀呵！

# 羊和猫

徐懋庸

大凡学习法文的人，到了读选文的时候，总要读到一篇东西：都德 (A. Daudet) 的《塞根先生的山羊》( La Chevre de monsiou seguin)。

这是说，塞根先生先后养了许多山羊，但那些山羊先后地逃走了。原因是，它们不堪绳子和栅门的羁勒锢闭，而憧憬于后山的生活。那里，虽然有狼，但是可以随意地跳，随意地跑，随意地打滚。狼来的时候，则可以用了两只角去对付。而这里，园子虽然整洁，草儿虽然鲜嫩，主人虽然爱护备至，但绳子和栅门到底太难堪了，所以一有机会，它们都挣脱了绳子，溜出了栅门，跑到后山去，过了一天新的生活之后，晚上遇着狼，就战到力尽，然后倒毙，死而无悔。

这样，塞根先生从不曾养牢过一只山羊。即使把绳子放长，把先前的山羊遇狼的故事引以为诫，但他的羊总是一只一只地逃了去。

和这故事相反的是左拉 (Zola) 的《猫的天堂》( Le paradis des Chats)

　　那是说一个太太所养的一只猫，也因为厌倦了温暖，舒适的牢狱似的生活，逃出外面，与群猫为伍，想过自由的生活。可是过不到一天，它就恐慌起来了，它看到所谓自由的生活，是淋雨，挨饿，奔波，逃避……它要求一只雌猫送它回到了老家，它留它一同过它所过的生活。但它不屑地走了。女主人因为它曾逃走，把它打了一顿，接着就拿肉给它吃，所以它下结论说："挨打而有肉吃的地方，就是我们猫的天堂。"

　　都德和左拉，都是法国的大作家，他们都有别的伟大的作品在。上面所举的，不过是小品而已，但即是小品，也何等可爱。先前分别地读过，也曾感动，今天一起想了起来，觉得他们不谋而合地写出这样的作品来，其中一定含着并非偶然的社会的意义。

# 猫狗

梁遇春

　　惭愧得很，我不单是怕狗，而且怕猫，其实我对于六合之内一切的动物都有些害怕。

　　怕狗，这个情绪是许多人所能了解的，生出同情的。我的怕狗几乎可说是出自天性。记得从前到初等小学上课时候，就常因为恶狗当道，立刻退却，兜个大圈子，走了许多平时不敢走的僻路，结果是迟到同半天的心跳。十几年来踽踽地蹀躞于这荒凉的世界上，童心差不多完全消失了，而怕狗的心情仍然如旧，这不知道是不是可庆的事。

　　怕狗，当然是怕它咬，尤其怕被疯狗咬。但是既会无端地咬起人来，那条狗当然是疯的。疯狗是可怕的，然而听说疯狗常常现出驯良的神气，尾巴低垂夹在两腿之间。并且狗是随时可以疯起来的。所以天下的狗都是可怕的。若使一个人给疯狗咬了，据说过几天他肚子里会发出怪声，好像有小疯狗在里叫着。这真是惊心动魄极了，最少对于神经衰弱的我是够恐怖了。

　　我虽然怕它，却万分鄙视它，厌恶它。缠着姨太太脚后跟的哈巴狗是用不着提的。就说那驰骋森林中的猎狗和守夜拒贼的看门狗罢！见着生客就猖獗着声势逼人，看到主子立刻伏帖帖地低首求欢，甚至于把前面两脚拱起来，别的禽兽绝没有像它这么奴性十足，总脱不了"走狗"的气味。西洋人爱狗已经是不对了，他们还有一句俗语"若使你爱我，请也爱我的狗罢"（Love me，Love my dog），这真是岂有此理。人没有权利叫朋友这么滥情。不过西洋人里面也有一两人很聪明的。歌德在《浮士德》里说那个可怕的 Mephistopheles 第一次走进浮士德的书房，是化为一条狗。因此我加倍爱念那部诗剧。

　　可是拿狗来比猫，可又变成个不大可怕的东西了。狗只能咬你的身体，猫却会蚕食你的灵魂，这当然是迷信，但是也很有来由。我第一次怕起猫来是念了爱伦·坡的短篇小说《黑猫》。里面叙述一个人打死一只黑猫，此后遇了许多不幸事情，而他每次在不幸事情发生的地点都看到那只猫的幻形，狞笑着。后来有一时期我喜欢念外国鬼怪故事，知道了女巫都是会变猫的，当赴撒旦狂舞会的时候，个个女巫用一种油涂在身上，念念有词，就化成一只猫从屋顶飞跳去了。中国人所谓狐狸猫，也是同样变幻多端，善迷人心灵的畜生，你看猫的脚踏地无声，猫的眼睛总是似有意识的，它永远是那么偷偷地潜行，行到你身旁，行到你心里。《亚俪斯异乡游记》里不是说有一只猫现形于空中，微笑着。一会儿猫的面部不见了，光剩一个笑脸在空中。这真能道出猫的神情，它始终这么神秘，这么阴谋着，这么留一个抓不到的影子在人们心里。欧洲人相信一只猫有十条命，仿佛中国也有同样的话，这也可以证明它的精神的深刻矫健了。我每次看见猫，总怕它会发出一种魔力，把我的心染上一层颜色，留个永不会褪去的痕迹。碰到狗，我们躲避开，什么事都没有了，遇见猫却不能这么容易预防。它根本不伤害你的身体，却要占住你的灵魂，使你失丢了人性，变成一个莫名其妙的东西，这些事真是可怕得使我不敢去设想，每想起来总会打寒噤。

上海是一条狗，当你站在黄浦滩闭目一想，你也许会觉得横在面前的是一条恶狗。狗可以代表现实的黑暗，在上海这现实的黑暗使你步步惊心，真仿佛一条疯狗跟在背后一样。北平却是一只猫。它代表灵魂的堕落。北平这地方有一种霉气，使人们百事废弛，最好什么也不想，也不干了，只是这么蹲着痴痴地过日子。真是一只大猫将个人的灵魂都打上黑印，万劫不复了。

若使我们睁大眼睛，我们可以看出世界是给猫狗平分了。现实的黑暗和灵魂的堕落霸占了一切。我愿意这片大地是个绝无人烟的荒凉世界，我又愿意我从来就未曾来到世界过。这当然只是个黄金的幻梦。

# 谈猫

钱歌川

最近读了巴利选编的一本名叫《当心猫呀》( Be ware of the Cat ) 的故事集。书中都是讲的猫杀死人的可怕的故事，有的猫会说人话，还懂得借刀杀人；有的猫出没无常，可从紧闭的窗口进入室内，伤害人命，使人逃不脱它的魔掌。读完全书，使我毛骨悚然，几乎夜不安枕。

狗是猎户的助手，猫是作家的宠物。但作家们为什么不描写普通家庭中常见的温顺的猫，而偏要叙述一些实际并不存在的魔鬼似的猫呢？我想这是有原因的。一个人做了亏心的事，总是疑神疑鬼，受到良心的苛责，终于要忏悔所犯的罪。上述的猫杀害人的故事，就是在这种动机下写出来的猫的复仇记。

西洋人有些习俗实在对猫太残酷了。例如在庆祝丰收的节日里，有种奇怪的古老习俗，要用力去鞭打猫，打得半死的时候，再扔进火里去烧死。还有他们在新造房子时，要把猫活埋在屋基下，认为这样就会为将来的居住者带来好运，英国有名的西敏寺，就是建在这样一只不幸的猫的尸骨上的。苏格兰虔诚的教徒在过他们"大海孟"（Taigheirm）节时，可以一连四天四晚，把活的黑猫一只接一只地去烧死，以冀获得千里眼而预知事物。诸如此类的暴虐行为，不免使人内心有所畏怯，尤其是西洋有句俗语说，你取了猫一条命，它剩下的八条命就要来向你报仇的。

那本集子里也选有一篇日本的故事，因为日本人的传统信仰，认为猫是懂得人性的，也能了解人类语言的，所以他们相信，一旦有人对猫做出罪恶的行为，猫是会待机来对人施以报复的。我们中国人的天性是仁慈的，从来不虐待动物，所以也没有动物对我们复仇的恐惧，更没有在那种恐惧的心情中写成的可怕的故事。我们只有动物报恩的故事留传下来，成为儿童所喜爱的读物。

上面提到猫有九命的传说，我想是几千年由人类对猫细心观察的结果。有事实证明，猫在三四百度的高温中，居然可以不死。前几年有一艘荷兰的汽船，沉到莱茵河底八天后才捞打起来，那只在冰冷的水中又冻又饿的猫，依靠船舱中留下的一点点空气，居然还活着。它的命如果脆薄得像人命一般的话，当然早就死掉了。

莎士比亚在他的名剧《罗密欧与朱丽叶》三幕一景中，有这样的对话：

提拔特：你要对我怎么样？

墨枯修：猫王，我只要你九条命中的一条，我是想要你那一条命，

至于其他八条，如果你斗不过我，我也要痛打一顿。你还不把剑抽出鞘来？赶快，否则在你未拔出剑之前，我的剑就砍到你的耳边了。（梁实秋译）

有人说猫有九命是因为：一、它从高处跳下，跌不死；二、冬天不穿衣，冻不死；三、被困火场中，热不死；四，久无东西吃，饿不死；五、生病吃野草，病不死；六、天天吃鱼刺，鲠不死；七、乱吃脏东西，毒不死；八、滥交不染病，害不死；九、寿命活得长，老不死。其实，东方人的猫有九命之说，是出自佛经的：

"佛正集诸弟子讲经，有一猫蹲佛座下，屏息静听。弟子有询佛缘故，问此猫是否亦通经典？佛曰：猫有灵性，其命有九，人只得一。故猫之灵性，殊非人类可及耳。"

又佛经《上语箓》明白地指出：

"猫命有九，系通、灵、静、正、觉、光、精、气、神。"

这便是指猫的灵性说的。

西洋人相信猫有灵性，可由下面一件美国维琪尼亚州一律师家发生的事为证：

某一个炎热的夏夜，两个男孩子得到父母的允许，到十里外的丛林中去露营。他们已经能够照顾自己，并且露营过好几次了。父母把他们送到露营的地方，自己就回去了。

大约在早晨两点钟的时候，他们家里养的那只名叫莎莉的猫，突然高声大叫起来。它向来不在半夜吵闹的。他们没办法使它安静，而它的叫声却越来越凄厉了。

律师的太太认为莎莉一定是想告诉他们什么紧急的事。"也许我们的孩子发生了事情呢。"她对丈夫说了。

为了安慰太太和莎莉，那律师只得开车前往探视一下孩子。果然，当他将到达那片丛林时，便看见林中正发生火警，而且火势渐渐地逼近孩子露营的地方了。

救火员告诉他孩子们已陷在火场里，没办法救出来。幸好他记起林子后面有一条偏僻的小路，于是他忙绕道从那条小路走到孩子被困的地方。只见两兄弟慌作一团，拥抱在一起，看着渐渐逼近他们的大火发抖。

父亲领着两个孩子安全地回到家中的时候，莎莉快乐地跳到孩子的身上，咪咪地叫着欢迎他们。那天晚上如果不是它那种反常的举动，那两个孩子早没命了。

中国的古书《玉匣记》中载有相猫的方法：露爪的力大能翻瓦，腰身肥大的不安于家，面形长的专吃鸡雏，尾巴大的性情最懒。但我们现在认为金黄、全白或全黑的，即所谓金丝猫、白猫和黑猫，才是名贵的。又有肚白背黑的，称为"乌云盖雪"，身白尾黑的称为"雪里送炭"，也是名种。它们性情凶猛，老鼠遇到它们，怎也逃跑不掉。有些

猫的毛色是黄白相间的，叫作"玳瑁"，又有些这样的猫，头上有一团圆形黑毛的，叫作"玳瑁单桃"，有两团黑毛的叫作"玳瑁双桃"，都是生得漂亮的名种，但是雌性较多，雄的百中无一，要能发现一只这样的雄猫，真是人间珍品了。

猫在文人的笔下又叫狸奴，狸就是我们俗称野猫的一种亚洲产的动物。有些灰黑相间，形貌似狸的猫，就叫作花狸。黄鲁直有乞猫诗说：

"闻道狸奴将数子，买鱼穿柳聘衔蝉。"

世界上最珍贵的猫，也许是波斯猫，又称安克拉猫。它们的特征是脸阔而圆，耳朵很小，鼻子矮而宽大，尾巴短小毛厚，毛色有黑的，黄的和灰白的。

暹罗猫是所有短毛猫中最美丽的，它的品格向来高尚，过去一直被人视为"神圣的动物"，可是现在繁殖很多，人们已经把它当作一种普通猫来看待了。甫出世的暹罗猫，身上的毛完全是白色的，眼睛呈现红色，不过出生两三星期后，它的头、脚、尾巴，以及耳朵各部的尖端，便变成灰暗的颜色了。

一般说来，暹罗猫性情比较温和，容易跟人混熟，只是叫声略嫌混浊罢了。它的尾巴是扭得弯弯的。传说暹罗猫的祖先，是在妖后克利奥佩特拉时代，从老远埃及地方运到暹罗来的。因为当时埃及和暹罗有五谷的贸易关系，运谷的船上养着埃及猫来捉老鼠，以防止谷类的损失。后来埃及猫和本地的野猫交配，便产生出暹罗猫来了。

在暹罗地方许多人都有这样的迷信，认为人死以后，灵魂会栖宿在家猫的身上，因此家猫死后便送入寺院里去奉祀。所以他们对猫非常重视，不但老百姓是这样，即是在宫廷里，也经常养了几百只猫，常用来当作礼物，赠给外国的佳宾。

阿比西尼亚猫是另外一种美丽的猫，身上有赤褐色的条纹，外表十分好看。这种猫智慧很高，富于表情，人们相信它也是古埃及名贵的后裔。

英国人和猫是有特别渊源的，这是千余年来的传统。古代威尔斯大酋长曾制定一条特别的法律，来保护猫类，免得它们遭受人们的虐待。

在第二次世界大战期间，纳粹德国的空军，大举进攻伦敦，但仍不能制胜，后来他们特别从柏林载去大批的老鼠，空投在伦敦的市区内。他们此举的目的，是想利用老鼠传染细菌，给伦敦市民带来灾害。伦敦方面为了应付这种危险的局面，曾动用了大批的猫，日夜去追踪那批带有细菌的老鼠。它们在枪林弹雨下，冒着生命的危险，和纳粹的老鼠作生死的决斗。每当警报解除之后，伦敦市的卫生人员，便迅速地把街头巷尾的死老鼠，收去加以掩埋。

英国人素来对于猫抱有一种好感，加上第二次世界大战时的经历，又增加了另外一重情谊。现在一般估计，英国全国大约有六百万只猫被人豢养着，而且它们都过着相当安逸和幸福的生活。

最令人感到奇异的一件事，便是英国早期的邮政局，在职员正式的薪水单上，特别列有一项猫的薪饷，因为邮政局为了防止老鼠损毁邮包和信件，他们特养了一群猫来对付老鼠，由政府支给它们的生活费用。猫在此时，实际上已被人们承认为正式的公务员了。今天英国邮局的建筑物及设备已大加改善，老鼠早已不足为患，身居公务员一分子的猫，

已经变成冗员，闲得无事可做了。不过它们至今仍然没有完全被淘汰掉，依旧保持它们传统的地位，正式由皇家金库发给它们生活津贴。

从公元一九一八年开始，英国政府把猫的待遇冻结了，只有伦敦邮政总局的猫，不受薪金冻结的影响。这件事曾引起英国国会展开一场辩论。后来为了对猫一视同仁起见，英国政府又重新订了一项猫的薪金支给办法，规定雄猫与雌猫的待遇一样，小猫便要在出生后两个月，才可支付一半的生活津贴，要到六个月后，才能享受和大猫的同等待遇。

现在我们发明了种种捕鼠的工具，已经用不着要猫在这方面为人效劳了。但猫并没有因此而失去它存在的价值。每个家庭中的女主人和小孩们都是爱猫的，第一因为它赋性温和，可以为人做伴。它的相貌美妙有趣，画家们常爱为它画像。我国老辈的画家也常画猫蝶图，因猫蝶和耄耋同音，用来祝贺人的长寿。

一般的情形猫是不用钱买的。凡是有人家里生了小猫，邻居便可随意来讨取，只消用一个小的红包（当然不必要多少钱，只是表示一点意思），便可把小猫抓去。如果不用钱，也可用糖果交换。在江浙一带有人用一枝毛笔，或是半斤食盐去换小猫，如陆务观的诗中便有：

裹盐迎得小狸奴，
尽获山房万卷书。

纽约的人似乎比养猫更爱养狗。早晚常有男女居民牵着小狗出来散步。最具有讽刺意味的，就是每每在"套住你的狗嘴，保持纽约清洁"

的牌子下，让小狗在那里拉屎。所以我们出去散步时，一个不当心，就要踏一脚的狗屎回家。但养猫确比养狗好，为的是猫最爱清洁，大小便自理，决不拉在家里，麻烦主人，也不拉在马路边上，妨害公安。我在新加坡时，见到友人家养的一只猫，居然晓得自己上厕所，蹲在地面的抽水马桶上去大小便，每次不爽，不过不会拉水去冲洗罢了。

# 饭猫记

陈大远

## 序

猫是老鼠的天敌，具有见鼠必捕的本能和嗜好，所以人们为除鼠害，总是愿意养一只猫，这只猫如果懒惰成性，畏鼠如虎，不敢与之搏斗，以致避居一隅，或者是猫鼠共处，那么它的主人一定会把它驱逐出境，另觅强悍的猫来。这本是天经地义的事，但是六十年代，却由于对这个命题存在不同的理解，在全国展开一场大辩论、大斗争、大迫害。"猫能捕鼠论"者竟遭到罢官、监禁，以致真像老鼠遇到悍猫一样，连骨头都被嚼吃掉了。

我很幸运，没有卷进"猫能捕鼠"的冤案里去。我从六十年代初就开始养猫，养了将近二十年了。以前的不去说它，猫的冤案形成之后，我还养了十年，到现在已经四易其猫了。这虽然是无关宏旨的琐事，却也使我像"惯犯脱网"似的有许多感触。因此，写下这篇《饭猫记》，望勿以言不及义的"闲情逸致"视之。

## 一、猫兮归来

一九六九年，在我养了几年的猫迷失三个多月之后，我带着家眷到河南明港参加"五七干校"的劳动锻炼。当时，在我的意念中，我们都将变成河南的农民，经过一定的时间，成为"自食其力"的农业劳动者。

我家在明港农村分到的一间房子，应该说是很不错了，只是老鼠成群，除了夜间成队出扰之外，白天也经常伺机偷袭。从食堂打来的饭菜，往往成了它们的猎获物而加以分享，弄得我们无法判断哪些是被老鼠吃过，哪些是没被污染的，只好全部丢弃，让我养的小猪享受一次美餐。这种情况使我感到沮丧而无能为力，为了减少粮食的浪费，为了避免老鼠所造成的灾难，我很想养一只猫。可是，我在这里地生人疏，加上这里的猫大概也由于陷于冤狱之中几近绝迹了，到哪里去找呢？

说来很巧。这天早晨，我到明港镇上去办事，在桥头上碰到一个十几岁的女孩子，挎着一只竹篮，里面拴着两只小灰猫，在无可奈何地叫卖。这真是不期之遇，踏破铁鞋无觅处，得来全不费工夫。我用一元钱买回了一只。

我没有篮子，只带着一个布兜，把小猫装在布兜里，两根提带系起来，它就无法逃走了。布兜有一个破洞，小猫大概是想透透气吧，把头

伸了出来。这就更好了，它不但跑不了，也闷不死，可以安全地伴我回家。谁知当我到一家药店去为邻居买药的时候，小猫从布兜的洞里钻出来，一下子躲到药店的栏柜底下。一时，药店的几位售货员帮我捉猫，捉了半晌，连一点踪影都找不到了。售货员说："一时抓不到，你明后天再来，我们抓住拴上它，一定交还你。"第二天我专程来取猫，可是售货员告诉我，小猫不知去向。我十分失望，得而复失，还得继续接受老鼠的挑衅。

三个月之后，我的一位老友从另外一个干校找来一只小猫送给了我。这只小猫跟我丢掉的那只毛色一样，个子一样，但是没有企图逃跑的意思。

小猫，就像我家的警卫战士一样，虽然它很小，还在幼年，但是它的一声鼻息，一声呼唤，都会使老鼠像听到惊雷一样，毛骨悚然，从此，再不敢出来，可能是转移到无猫的世界去了吧，反正我家得到安宁，不再担心食品、衣物会被老鼠糟蹋。

小猫来到我家之后，邻居的一只猫，经常到我家来，和我家的小猫结成了朋友。它俩的毛色、大小、肥瘦几乎一样，如果不是尾巴稍有区别，简直难以辨认主客。我家的小猫尾巴曲而粗，邻居的小猫尾巴直而细。后来，据邻居说，他们那只小猫是从明港药铺里得来的，果真如此，它应该是属于我的。两只小猫同嬉同卧，同出同归，在完成它们捕鼠任务的时候，有所分工，也经常合作。

可是好景不长，半年之后，小猫逐渐长大，进入了青年时期，我的那只忽然失踪了。我感到怅惘，在纸上随便写了一句：

从此依然鼠道开，猫兮归来。

据附近住的小孩子告诉我，明河边上有一个小灰猫死了，他们已经把猫埋在沙堆里。不难判断，小猫遇害了。

不过，邻家那只小灰猫，还是经常到我家来做客，老鼠们仍然不敢出来。这两只猫好像有个誓约，谁要不在，一只猫就要完成两只猫的职分。因此，我也就解除了失猫之忧。


## 二、且把邻猫做己猫

几个月过后，我们"五七干校"的大部分人迁到息县路口镇。这里，老鼠的势力胜过明港，第一天晚上，就给我来个下马威，使我一夜不得安宁。

天刚黄昏，行李还没完全打开，东西还没收拾，就有一只老鼠明目张胆地窜到桌子上偷吃饼干。孩子把它赶跑了。不大一会儿，又出来两只粗壮的老鼠，长驱直入，咬我的还没解捆的书。我起来赶它们，它们退回二尺，转过头来眨着两只发光的小眼睛瞪视着我，我再赶它们，它们又退回二尺，当我拿起一把笤帚朝它们投去的时候，才钻进墙角。可是我刚躺下休息的时候，它们又钻了出来。好像"敌退我进、敌疲我扰"的作战秘诀，也被老鼠学会而且付诸实施了。因而，我急于得到一只小猫。

这里原来是个农场，五六里之内没有农民住户，小城无处可讨，只得求助于留守明港的同志。没多久，他们用纸箱装了一只猫，托便人给

我带来，并附了一个条子："你家的小猫没有死，又找到了，托人带上，让你们再次团圆吧！"我十分高兴，可是打开一看，非也，这不是原来邻居的那只小灰猫吗？照原来的估计，虽然这只小猫很可能就是我从明港桥头买到的那只，但是毕竟属于邻居，夺人所有，于心不安，不过路途遥远，不便退回，且把邻猫做己猫，就让它在这儿落户吧！

这只小灰猫一来，老鼠绝迹了。晚上我可安心地读点书，或者整修那些被老鼠咬破的旧书和文稿。提起文稿，那还是十年前写的长篇小说草稿，四害横行的时候，虽然成了被批判的对象，却也完整地保存下来，谁知这场鼠祸却使它有些残缺了。如果不是小灰猫及时前来驻守，恐怕里面的许多英雄人物都会被老鼠们吞蚀下去的。

一九七二年大雪纷飞的初春，我奉命调回北京，小灰猫是不可能远程迁徙的，只好留在路口。它为我立下了汗马功劳，保护了我的书籍和文稿，捍卫了我的生活安宁，不忍抛弃，决定为它找个新主人。这儿鼠害无穷，希望养猫的同志很多，结果它就落户在柳家。同小灰猫分别的时候，我写了几句诗，以抒依依惜别之情：

奉调京华走，

别猫当折柳。

但愿新主人，

善待视如友。

### 三、饭猫度晚岁

回到北京，住进一套老房子。好像我跟老鼠结下了不解之缘，其猖狂程度仅次于路口，求猫之心油然而生。但是，北京是"四人帮"统治极为严密的地方，不敢蓄猫，只好采取另外的措施以驱鼠。做老鼠夹子，设捕鼠笼子，饭里施毒，鼠洞填土，都不起作用。夹子、笼子里的诱饵可以被老鼠吃掉，而老鼠却安然逸去；施毒的食物，老鼠从不入口，而家用的食物却经常被窃，真使我哭笑不得，望壁而兴叹了。

一九七六年底，"四人帮"被粉碎之后，我也就从鼠祸中解放出来，托友人找来一只小猫。这只猫来到我家的时候。生下只有二十多天，毛色洁白，掺杂着几块黄斑，个子很小，吃饭，喝水都需要人们给予照料。说也奇怪，即使这样一个还没有一点捕鼠实践经验的小猫住在我家，老鼠们也就避开不敢再来了。所以等到它长大能够捕鼠的时候，它却连老鼠的踪影也难以看到。

老鼠是人们的大敌，猫是老鼠的天敌，敌之敌友也，友之敌敌也，所以我一直把小猫作为我的朋友，甚至视同我家的成员。我宁肯以生鱼鲜肉供养此猫，也不愿让残羹剩饭被窃于鼠。

我喜欢写点儿旧体诗词，自学诗之日起，到一九六一年为止，共积存二百多首，录成一函，名之曰《大风集》。一九六二年以后到一九八〇年，又积存了二百多首，录成一函，名之曰《匏尊集》。

猫趣

一九八一年以后的新作，还将继续录存，那么又叫什么名字呢？左思右想，由于猫保护了我的诗稿，使我能够安心执笔，就叫作《饭猫集》吧！因而写了一首五古，用以正名：

原为驱鼠害，饭猫二十春。

此猫称四世，毛色似金银。

每饭先入座，每饮据一樽。

昼寝随人卧，夜归自叩门。

游乐常相共，俨如我家人。

四年猫渐老，我亦过六旬。

饭猫度晚岁，相安写诗文。

此猫不捕鼠，优劣亦定论。

但愿猫常在，鼠辈不相侵。

# 你爱猫么？

*罗孚*

"你爱猫么？"

我想！不一定吧。家里现在的一头猫，就只是借来吓走老鼠的，并不是为爱猫而养猫。

一年多以前借来的时候，它比家里发现的老鼠还小。虽然如此，它一来，老鼠就不再来了，就算不是退避三舍，也肯定是退出寒舍从此绝迹了。

它其实貌不惊人。我的吓阻政策的成功，恐怕多半还是由于鼠胆到底是鼠胆，真的太小的缘故。

它是朋友偶然在街头拾得的。初来时不但瘦小，还显得有些肮脏，当时绝无久留之意，吓走老鼠后就想把它送走，只是不知道老鼠会不会卷土重来，这才留它多住几天，没想到从此就一直住下来，成了家里的一员，走不了了。

孩子们对这小东西首先发生了感情。较大的一个男孩一边叫"傻佬"，一边殷勤照料，还把电视片集中一个"傻佬"的名字当作它的名字。

较小的一个男孩却叫它"小妹妹"，常常抱它，轻轻拍它，口中还低声地说："哥哥爱妹妹！妹妹爱哥哥！"

他是真有一个妹妹的，却常常和这妹妹吵吵闹闹，争争夺夺！一点也不像爱妹妹的样子。做妹妹的也不像欢喜他这哥哥。

不管这些，总之它从此就渐渐成了一家的宠物，再也没有人提起要把它送走的事了。

它真是一个"小妹妹"么？见到它的客人中，有人说它是女的，也有人说它是男的，没有人能清清楚楚下个判断。叫它"小妹妹"的男孩却不管这些，只是一厢情愿地不再改口，就算被笑为肉麻，还是不改。

渐渐地，它不是那么小了。

渐渐地，它不是那么甘于雌伏，颇有些不安于室了。

一听到屋子外边有猫的叫声，它就要想方设法窜出去。几次走了，却又回来，不久就回到门边不远处，轻轻地叫。这就把它接回屋中，笑它胆子太小，不敢远跑。

这样的行动只能证明它希望有个伴，却还不能证明它到底是女性还是男子汉。直到有一天——

在一个风雨之夜，它又跑掉了，一天两天三天……再也不见踪迹。四处找它，见到颜色有些相似的猫就跑过去看个仔细，几次被邻居的人笑着阻止"不要看了，这是我们家的！"一个星期过去，不再存什么希望，尽管还有想念。

也有埋怨，埋怨它受到这么好的待遇却还是要出走，太无情了。

又一个风雨之夜，睡梦中听到了一阵熟悉的叫声，起来一看，居然是它回来了。又瘦又脏，身上还有伤痕，不知道到什么地方做了历时十二天的流浪。

于是全家大小，觉也不睡，连忙把十二天之前冷藏的鱼煎了，让它美美地吃了一顿。这一来，它又成了"道是无情却有情"了。

为了怕它再度出走，于是找了一个以"阉"为生的人来，验明正身，处以"腐刑"，使它成了"司马迁"——这是那个叫它"小妹妹"的男孩的说法，虽然如此，他还是不时抱了它，轻轻抚摸，低低叫唤，叫的还是"小妹妹"。

而且也还是和以往一样，在我面前就说"看你的女儿……"

而它也和以往一样，吃饱了，就爱跑到我的身边，偎依着，躺下来，许久许久都不走。

"你爱猫么？"

我想，不一定吧。我的意思是说，不一定不爱。